U0165796

一看就會的

韓語會話 文法

附贈MP3

陳慶德　編著

Korea

書泉出版社 印行

目錄

推薦序

　　2012年9月，敝人帶領教育部設立在台灣各地的六所頂尖科技大學（分別是：國立台灣科技大學、國立台北科技大學、國立雲林科技大學、國立高雄第一科技大學、國立高雄應用科技大學以及國立屏東科技大學）區域產學合作中心的主任及經理們，來到韓國進行四天三夜的「2012年國際產學暨技職教育韓國參訪產學合作」交流活動，在參訪了四所韓國知名學校之後，最讓我印象深刻的莫過於南韓最高學府——國立首爾大學（Seoul National University）的訪問。當然，在三個小時之內，與首爾大學負責產業技術移轉及產學合作的總長以及資深教授們，除了針對產學合作進行了受益良多的討論之外，有別於其他學校，最讓我印象深刻的是，國立首爾大學特別安排一位優秀的口譯人員（並非只是胡亂去抓個會講中文的中國留學生）來接待我們，而這位優秀的口譯人員正是在首爾大學就讀博士班課程（西洋哲學組，博士候選人）的——陳慶德同學。

　　會議上，慶德同學流利的即席翻譯、謙恭有禮的態度，與我們這些來自台灣的教授們談笑風生的對談，互相交流了很多有關於台灣與韓國的文化差異現象，以及針對台灣未來的教育等等議題交換的意見，讓我們留下極深的印象。

的確，能在異鄉看到我們台灣的留學生為了自己的目標與理想，離鄉背井地努力，不禁讓我回想起自己二十幾年前在美國讀碩士時，逢年過節（尤其聖誕節），學校大唱空城計，那種每逢佳節倍思親的心情，我想這也是現在眾多在海外台灣留學生的共同心聲吧（此次拜訪首爾大學的時候，正值韓國傳統家人團圓的節日——中秋節前夕，慶德同學亦流露出思鄉情懷），辛苦雖是辛苦，但我也常常鼓勵學生們，多出去外面走一走，培養世界觀，當學有所成，回到台灣報效教育界或企業界時，之前所流的汗水及付出的心力都是值得的。

　　因為這段緣分認識了慶德，事後得知他在台灣擔任韓國語講師已有將近五年的時間了，也曾在雲林科技大學通識課程進行過一場個人演講，很高興台灣有這樣一位熱心研究著台灣與韓國文化、社會差異的學者，且更令人驚豔的是慶德勤於寫作筆耕，樂於分享他的所學所得，陸陸續續在兩岸三地出版了有關於韓國語教育的文法書、會話書等等，已近十本之多，他對教育真摯的態度以及熱忱，讓我很感動也滿欣賞的，故正逢慶德出版新書《一看就會的韓語會話、文法》邀請敝人撰文寫推薦序，本人在此十分樂意極力推薦慶德此本優秀的作品，我也相信這是一本有

益於國內韓語學習者的好書，能讓我們藉由語言瞭解他國的文化和優點，進而吸收爲本國所用。

推薦人

孫思源 教授

國立高雄第一科技大學
管理學院院長
管理研究所所長
資訊管理系所教授

　　自從韓國梨花女子大學畢業，攻讀完韓國壇國大學
EMBA研究所課程之後，在台灣居住也有將近三十餘年的
時間了。我一直在中南部大專院校教導管理、經營科目，
然而最近十年，見到台灣掀起一波波的韓流風，讓原本只
教導管理學院的經營、國際禮儀科目的我，也漸漸跨領域
地教導韓國語課程。

　　俗話說：「隔行如隔山」，我在教導韓國語時，深
深體會到此話所言不假。雖然我有二十多年的口譯經驗，
曾在嘉義青商會、獅子會在與韓國當地締交姊妹會以及大
大小小的商業活動上，進行過即席的口譯；也曾協助嘉義
私立大同大學在與韓國學校締結姊妹校以及學生交流活動
時，替他們主持過大大小小的活動，但是教授韓國語對我
而言，卻是另外一個新的挑戰領域。要一位韓國華僑，教
導他人自己每天講的韓國語結構，在話語中區分動詞、名
詞、時態以及語尾變化等等，無非就好像是要一位在泳池
中熟悉自己身體本能的游泳好手，來到陸地上分析自己怎
麼在水中踢水、換氣以及配速，這的確是個難題。

　　正當我閱覽著台灣坊間眾多韓國語教材，發覺內容不
是太簡單，就是太艱難，不是太省略文法的分析，就是突
然塞進一堆文法到教材當中。就在此時遇見了目前就讀南
韓最高學府，國立首爾大學（Seoul National Univ.）——

陳慶德老師。在幾次見面的過程中，他恭遜有禮的態度以及內斂的個性讓我留下很深的印象。而有一天與他交流教導韓國語的經驗時，剛好也提到台灣坊間韓國語教材的亂象，只見慶德他眼中閃著堅定的眼神，對著我說：「不然，鄒老師，我們自己來寫一本吧！」，就因為他這句對教育充滿熱忱的話，讓我開始了跟他進行寫作《簡單快樂韓國語1》（統一出版社）韓國語教材書的計畫。而且在2009年出版了，這也是少見的由台灣人的角度，國人自行編寫的韓國語教材。

而他也因為他自己的這句話，從此全心投入到寫作韓國語教材以及分析韓國語文法的領域，而且不藏私地樂於與他人分享自己的所得。我想他是一位不滿足於現狀，不怨也不恨，而只是內斂地試圖用自己的力量去默默改變環境的學者。

目前慶德除了在韓國國立首爾大學中，一方面鑽研自己繁忙的專業論文研究之外，課暇之餘，總會重新反省自己的研究所得，並以寫作的方式分享。在兩岸三地陸陸續續出版了近十本韓國語著作，翻譯作品也近十餘本。每次他寫出來的書，總是讓我感到驚訝。原來韓國語還有這個層面，原來可以從這個角度來看韓國語，讓我這位韓國華僑也從他的著作當中學到很多東西。

而這次，陳老師慶德為了台灣讀者，編寫了《一看就會的韓語會話、文法》一書。在出版之際，獲邀寫推薦序，我也倍感光榮。相信這會是一本有助於國內學習韓國語的人的書，故在此我很樂意且極力推薦慶德老師的此本著作。

推薦人

鄒美蘭

韓國梨花女子大學畢業
國立嘉義大學語言中心韓國語講師
國際獅子會口譯、國際同濟會關係顧問

自序：論寫作的反省性，反省性的寫作

　　在好幾年之前，我已經發現自己從幼年以來，就一直把許多虛妄的意見，當作真理而加以接受。因此，後來我以這些意見當作基礎所建立的理論，當然是極其可疑的。自那時起，我認為自己必須認真地把以往接受的意見一律取消。此外，如果我想在各種科學上建築一個堅固而持久的架構，還得重新由基礎做起。

　　　　　《沈思錄》・〈第一章：論可疑的事物〉 笛卡兒

　　這是我在自己求學階段，常常叮嚀自己的一段話；而在寫此書之時，這也是常常浮現在腦海中的一段話。

　　很高興這次又應在台灣經營文化事業多年有成，且具專業性的書泉出版社的邀稿，寫外語學苑系列的韓國語學習書籍——《一看就會的韓語會話、文法》一書。敝人與書泉出版社主編——曉蘋小姐會談多次，深深地體會到書泉出版社不但對國內韓國語學習領域抱著極大的經營熱忱，也極力培養國內當地專業，甚至是權威性的寫作人才，而這樣的精神，在「外國的月亮總是比較圓」、「崇韓」的普遍俗世價值中，更具有它獨特的意義存在。因

此，書泉出版社對於人文領域書籍經營的態度，讓敝人十分激賞。

　　當義不容辭地接下此書的寫作之時，所面對的就是我自己這本文法書如何寫作？以及寫出來能讓讀者學習到什麼東西？這兩大問題了。

　　綜觀最近幾年台灣坊間韓國語著作一本本的出版、韓國語教材一本本的引進，可以說現今市面上語言學習書銷售最好的，莫過於這幾年興起的韓語這個領域，只不過良莠不齊的教材也是充斥其中。我想，有閱讀過敝人著作的讀者、學員們，常常都會在書中看到筆者對於自己寫作的反省。的確，筆者的每本著作，都是發自自己的經驗、自己的反省寫作而成之，絕非是一種「天下文章一大抄」，草草了事來面對自己寫作，而枉顧他人的學習效果。那麼這一本書又有怎麼樣的突破以及設計呢？

　　首先，筆者依照自己多年的寫作、教學經驗，在此書的第一單元介紹韓國語拼音結構以及分析之外，特闢一個單元來解說在學習韓國語時，常常會搞混的「主格助詞」以及「受格助詞」的用法。而這兩個助詞的用法，可以說

是學習韓國語會話或者韓國語文法中的基礎，所以我在第一單元就特別強調出來。

而在第二單元，看似簡單地設計出56個實用句子，但是與其他坊間上其他韓國語學習書籍不同的是，全文除了有請韓籍老師錄音，可以讓大家可以邊聽MP3邊練習發音、熟悉語感之外，還特別設計習字帖以及韓國語的拼音結構練習區，讓大家每當學習完一句韓國語會話時，能重新復習一下，自己學到的韓文結構。這樣的用意無非是想革除大家學習完基礎發音之後，重聽不重寫的陋習，從而能更具全方位地來學習韓國語。

在第三單元中，筆者根據自己的經驗，從最基本的韓國語會話中，尋找當初我在學習韓國語時，於基本的韓國語會話中，不可或缺的基礎的韓國語文法，比如韓文的動詞、形容詞的「正式型尊敬語」以及「非正式型尊敬語」的語尾變化、「有沒有某物」的韓國語表現句型，到不可或缺的數字應用說明，以及時態的說明等等。而要提醒大家的是，這個單元所收錄的文法並不是所有的韓文文法。而且世上也不可能有一本書，可以收錄所有的韓文文法，因為語言是活的，隨時都在更新。我只能針對自己挑選的

情景、經驗來設計出，在學習完韓國語發音之後，進階到韓國語會話的學習過程中，所必須學會的韓國語文法來加以介紹。而筆者也相信，當大家熟悉這裡的文法練習之後，對將來自修韓國語會話一定會有很大的幫助。當然，若是對韓國語文法有興趣的人，可以參考筆者的其他著作。

而第四單元，我們著重在韓國語旅行會話句型上。之所以會設計這樣的單元，一方面是因為這本書的除了是針對韓國語文法而進行編寫之外，另一方面是因為當我們學習完韓國語或者是某種語言，最常親身經歷到的場景，就是到該國旅行，進而使用到我們所學到的語言。因此，筆者分別設計出「在機場以及旅館」、「買東西」、「餐廳」以及「緊急情況」四大場景，並藉由眾多的替換句型的練習以及句型練習，應該可以滿足讀者在發音、會話練習上的需求。

至於附錄，坊間的書籍中，附錄通常只不過是被當作用來收錄幾個相近的單字或者圖表，以結束書籍的「garbage time」（垃圾時間）。但是本書的附錄，收錄的單字表，可以和第三單元的文法中，筆者設計出來的引申練習

句子中的替換單字互相呼應並交叉使用。而這樣的精心設計，除了是筆者想要保持這本書結構的完整性之外，也是對於自己寫作的眞實性負責，同時，更讓大家在學習完這本書的正文之後，透過附錄也能夠重新複習到之前所學習的基礎文法。再者，即使是附錄，作爲一種必須面對他人而存在的文字，也應該以一種更具價值的姿態出現才對。

　　附錄中，除了有互相與內文、正文相互呼應的單字表之外，還有筆者參照韓國當地政府文教部頒佈的，告示第88-1號以及88-2號（1988年1月19日公布，分別爲韓國語的正字法「한글 맞춤법」，以及標準發音法「표준 발음법」）資料，所分析的當代韓國語發音規則及技巧。當然，我想坊間對於這些繁雜的韓國語發音規則已經有眾多書籍問世。而在這篇專文內，筆者針對韓國語基礎會話中，特別是應注意到的連音化（연음화）、破音化（격음화）、硬音化（경음화）、顎音化（구개음화）以及子音同化（자음동화）五大範疇進行了講解。當然，挑選這五大發音規則範疇的理由，筆者都已經在正文中說明過了，在此就省略了。

　　最後，在書付梓問世之時，我特別要感謝曉蘋主編的

邀稿之外，她還邀請了韓籍老師全程錄製我們書內大部份的韓國語。而所有人的用心，我想各位應該都可以感覺得到。除此之外，我也特別感謝在國內各大專院校，跨領域推薦的國立高雄第一科技大學——孫思源博士（管理學院院長）、雲林科技大學—徐啓銘博士（教育部區域產學合作中心主任）以及鄒美蘭老師（國立嘉義大學韓語老師）等人。以及幫忙審訂的王永一老師（國立嘉義大學通識教育中心助理教授），讓這本書更顯得精確且具有專業性。還有我那一群可愛的學生們，她們在課堂上對於韓國語、學問認真的態度，也讓我更加認真負責地面對自己寫出來的作品，在此一併感謝。

當然，本書當中若有文字錯誤、或者謬誤，理當由我負起全責，也敬請各方先進不吝指教。

謝謝。

筆者　*陳慶德*　癸巳年2013年

於 國立首爾大學冠岳山研究室 敬上

凡例

(1) 書中若標示出" [　] "符號，意謂著對此韓國語單詞的音標註解，如下例：

대만에 가요. 前去台灣。

[대마네 가요.]

(2) 此書中，舉例的韓國語句型尾處，筆者若標示出（○）符號，意謂此句型爲正確或者是妥當之意。而若在句尾處，標示出（×）符號，意謂此句型是不正確或者是不佳的句子，筆者也會省略翻譯，以免讀者混淆。

(3) 書中問答符號標示，一律採用韓國當地教學的標示法。

가：意謂「問方」，或是A方。

나：意謂「答方」，或是B方。

(4) 爲了易於理解，書中有些句型，筆者爲了配合文法講解的安排，有時會刻意把句子中的助詞省略，用來解說韓國語「寫作體」（문어체）以及「口語化」（구어체）的差別；若有其他特別重要之處，筆者也會特

別標示出來。

(5)因為台灣的韓國語教材才剛剛起步，所以對於韓國語的「專有名詞」的翻譯多有差異，筆者在此特別註解出韓文、英文的名詞，以及統一書中用詞。

주격조사, Subject particle：主格助詞

목적격조사, Object particle：對象受格助詞

보격조사, Complement particle：補語（助詞）

관형격조사, Adnominal particle：冠形詞（助詞）

부사격조사, Adverbial particles：副詞（助詞）

호격조사, Vocative particle：稱謂（助詞）

접속조사, Connective particle：連接詞（助詞）

보조사, Auxiliary particle：補助詞

(6)譯名統一：

陳述句（평서문, Declarative）：用來描述事實、狀態的句型，如同下例：

좋아합니다.

我喜歡。

좋습니다.

好的。

선생님입니다.

我是老師。

疑問句（의문문, Interrogative）：詢問、請教對方時所用的句型，如同下例：

좋아합니까?

喜歡嗎？

좋습니까?

好的嗎？

학생입니까?

你是學生嗎？

祈使句（청유문, Imperative）：請求他人一起去做某事情的句型，如同下例：

한국어를 같이 공부합시다.

我們一起學習韓國語。

命令文（명령문, Suggestion）：建議對方、或者請託對方做某件事情的情況所用的句型，如同下例：

학교에 가세요.

請去學校吧。

(7) 韓國語語尾變化譯名統一：

我們以陳述句（평서문）爲例句，來說明筆者在書中常用到的三種句型的韓國語語尾變化譯名的統一。

第一種爲正式體（격식체）：「正式型尊敬語」，用於對長輩或者是社會交際之間的句型，韓國語語尾變化是：－ㅂ/습니다，如同下例：

학교에 갑니다.

敝人去學校。

而第二種是非正式體（비격식체）：「非正式型尊敬語」，用於不熟的朋友或同事之間的句型，韓國語語尾變化是：－아（어/여）요，如同下例：

학교에 가요.

我去學校。

第三種是「非尊敬語」（或譯，「半語」：반말）：
用於親密的朋友、晚輩之間的句型，韓國語語尾變化
是：－아（어/여）。如同下例：

학교에 가.

我去學校囉。

第一單元

關於韓國語40音

韓國語標音符號一覽

　　一如往常，筆者在進行正文的書寫以及講解時，習慣把韓國語40音中所有的標音符號做出一覽圖，方便大家使用此書。那麼以下筆者就列出韓國語中發的子音、單母音、複合母音、硬音以及收尾音一覽圖。

◆ 子音

　　14個（前方為在初聲處發的音，後方為在終聲處發的音）　　　　　　　　　　　　　　　　　　　◎ 請聽1-1

子　　音	ㄱ	ㄴ	ㄷ	ㄹ	ㅁ	ㅂ	ㅅ
韓式音標	기역 (gi-yeok)	니은 (ni-eun)	디귿 (di-geut)	리을 (ri-eul)	미음 (mi-eum)	비읍 (bi-eup)	시옷 (si-ot)
羅馬拼音	g/k	n/n	d/t	r/l	m/m	b/p	s/t
子　　音	ㅇ	ㅈ	ㅊ	ㅋ	ㅌ	ㅍ	ㅎ
韓式音標	이응 (i-eung)	지읒 (ji-eut)	치읓 (chi-eut)	키읔 (ki-euk)	티읕 (ti-eut)	피읖 (pi-eup)	히읗 (hi-eut)
羅馬拼音	無聲/ng	j/t	ch/t	k/k	t/t	p/p	h/t

◈ 單母音

10個

 請聽1-2

單母音	ㅏ	ㅑ	ㅓ	ㅕ	ㅗ
韓式音標	아	야	어	여	오
羅馬拼音	a	ya	eo	yeo	o
單母音	ㅛ	ㅜ	ㅠ	ㅡ	ㅣ
韓式音標	요	우	유	으	이
羅馬拼音	yo	u	yu	eu	i

◈ 複合母音

11個

 請聽1-3

複合母音	ㅐ	ㅒ	ㅔ	ㅖ	ㅘ	ㅙ
韓式音標	애	애	에	예	와	왜
羅馬拼音	ae	yae	e	ye	wa	wae
複合母音	ㅚ	ㅞ	ㅝ	ㅟ	ㅢ	
韓式音標	외	웨	워	위	의	
羅馬拼音	oe	we	wo	wi	ui	

◈ 硬音

5個

 請聽1-4

硬音字型	ㄲ	ㄸ	ㅃ	ㅆ	ㅉ
韓式音標	쌍기역 (ssang-gi-yeok)	쌍디귿 (ssang-di-geut)	쌍비읍 (ssang-bi-eup)	쌍시옷 (ssang-si-ot)	쌍지읏 (ssang-ji-eut)
羅馬拼音	kk	tt	pp	ss	jj

◈ 收尾音

27種寫法（7種發音方式）

收尾音	ㄱ	ㄴ	ㄷ	ㄹ	ㅁ	ㅂ	ㅇ	ㅅ	ㅈ
羅馬拼音	k	n	t	l	m	p	ng	t	t
收尾音	ㅊ	ㅋ	ㅌ	ㅍ	ㅎ	ㄲ	ㅆ	ㄳ	ㄵ
羅馬拼音	t	k	t	p	t	k	t	k	n
收尾音	ㄶ	ㄺ	ㄻ	ㄼ	ㄽ	ㄾ	ㄿ	ㅀ	ㅄ
羅馬拼音	n	k	m	l	l	l	p	l	p

（更多有關於韓國語40音發音技巧以及講解，請參考敝人另一本書《一看就會的韓語拼音》（書泉出版社））

1-2 韓國語拼音文字的結構

上面，我們列出了韓國語40音的標音符號之後，接下來，筆者在這裡要介紹有關於韓國語拼音的結構。

簡單地說，韓國語的拼音符號字型，基本上至少一定是由兩個表音符號（子音加母音。即類似我們中文的注音符號，如ㄅ一，「低」）組合而成才可能發出聲來。

而最多則是有四個表音符號（收尾音一個符號不發音，如底下的說明）所組成而發出來的音（子音加母音加收尾音。類似我們中文的注音符號，如ㄅ一ㄝ，「爹」）。

因此，所有韓國語的字型組成方式只有四種狀態，如同下列所示。

(一) 兩個韓國語表音符號組成的拼音構造，有二種情況：

結構1

子音	母音

如：ㅅ+ㅣ=시 si

　　ㄴ+ㅏ=나 na

　　ㅁ+ㅏ=마 ma

結構2

子音
母音

如：ㄱ+ㅜ=구 gu

　　ㅅ+ㅜ=수 su

　　ㅇ+ㅜ=우 u

（二） 三個以上的韓國語表音符號組成的構造，有二種情
況：

結構3

結構4

如：ㅁ＋ㅏ＋ㄴ＝만 man
　　ㄱ＋ㅕ＋ㅇ＝경 gyeong
　　ㅎ＋ㅏ＋ㄹ＋ㅌ＝핥 har

如：ㄴ＋ㅜ＋ㄴ＝눈 nun
　　ㅎ＋ㅗ＋ㅇ＝홍 hong
　　ㄴ＋ㅗ＋ㄱ＝녹 nok

　　在上方，我們看到了四種拼音結構。首先，出現在第
一個位置的，我們又可以稱作「初聲」（초성）；而出現
在第二個的位置的母音，又稱為「中聲」（중성，韓國語中
的21個母音都可以當作中聲使用）；而最後位於韓國語拼
音結構最下面的子音，我們又可以稱作「終聲」（종성）
或者是「收尾音」（받침）。請大家要特別注意韓國語單
詞有無收尾音部分，因為我們在之後的單元會看到，很多
韓國語文法都是端看單詞有無收尾音，而搭配不同的語尾
變化。

　　除此之外，我們即將在下面的第二個單元：「生活常
用短句和韓國語拼音文字結構」中，透過韓國人每天都會
用到的56個句子，讓大家來練習韓國語的拼音結構。

1-3 韓國語句型主格、受格助詞概論

筆者曾經在其他著作中，提及自己觀察到韓國語的特徵總共有八點[1]。在進入此書正文時，我想首先有必要介紹給大家，關於基本的韓國語「助詞」（particle, 조사）。而在這裡，筆者化繁爲簡，不多加介紹如：「보조사」（補助詞）、「접속조사」（連接助詞）、「특수조사」（特殊助詞）等等複雜的助詞部分，而首先著重在介紹三組韓國語中常常使用到的助詞，分別是：

主格助詞（Subject particle, 주격조사）：이/가、은/는
受格助詞（Object particle, 목적격조사）：을/를

筆者曾經說過，韓國語文法很多都是端看搭配文法的單詞有無收尾音而變化。同樣地，這三組助詞的搭配方式，都是端看前方的字詞有無收尾音、終聲而定。

也就是有收尾音的名詞（如：책，書），分別接的是：

主格助詞：이、은
受格助詞：을

---

1 韓國語的八點特徵：1.主詞的省略。2.多樣化且不可或缺的韓國語助詞。3.韓國語語序。4.敬語與半語。5.語尾的繁雜化變化。6.說與寫。7.口語停頓處與寫作空格處。8.有73.6％的漢字。

無收尾音的名詞（如：우유，牛奶），分別接的是：

主格助詞：가、는
受格助詞：를

我想大家都注意到了，有收尾音的名詞，所接的主格助詞以及受格助詞，分別都是以不發音的「ㅇ」的子音當作初聲的的助詞（因此也常出現連音現象，至於何謂「連音現象」，請參考本書特別收錄的「基礎韓國語發音規則」（P.197））；而無收尾音的名詞，所接的主格助詞以及受格助詞，都是以有發音的子音（ㄱ、ㄴ、ㄹ）當作初聲的的助詞。

那麼何謂「主格助詞」呢？也就是名詞當作主詞使用時，例如中文：「書是貴的」，「書」是一名詞，當作主詞使用，「價錢是貴的」當作補語來補充說明主詞，故「書」後方要加的韓國語助詞是「主格助詞」。

同樣的，我們說：「牛奶是便宜的」，「牛奶」是當作主詞使用，「價錢是便宜的」當作補語來補充說明主詞，所以「牛奶」後方要加的韓國語助詞乃是「主格助詞」。

綜合以上所言，我們搭配這三組助詞的第一組「이/가」，寫出下面的韓文句型：

책이 비싸요.

書是貴的。

우유가 싸요.

牛奶是便宜的。

　　別忘記，因爲「책」（書）當作主詞，因有收尾音（ㄱ），所以搭配的主格助詞是「이」；相反地，「우유」（牛奶）因爲無收尾音，所以搭配的主格助詞是「가」。

　　而「은/는」[2] 這第二組的主格助詞，搭配方式也是端看前方所接的詞語有無收尾音而定，把上面的例子挪用到此搭配「은、는」的話，就變成：

책은 비싸요.

書是貴的。

우유는 싸요.

牛奶是便宜的。

2　在這裡一定有人會有疑問：這兩組「이、가」、「은、는」都是主格助詞，有什麼差別呢？簡單地說：1.疑問句型，多用이/가；2.以「疑問詞」構成主語時，助詞用이/가；3.描述對象性質時用은/는；4.用來對照兩事物時，使用은/는；5.用來限制以及強調，使用은/는。
　　除此之外，「이、가」和「은、는」這兩組主格助詞的敬語形式還有「께서(는)」此助詞，但因為篇幅關係，更多詳細的講解請參閱敝人《簡單快樂韓國語1、2》（統一出版社），第四章，第七單元。

　　結束了基本的韓國語主詞助詞之後，接下來，我們要來處理韓國語助詞中基礎的「受格助詞」。那麼，何謂「受格助詞」呢？也就是在韓文句子中出現的名詞，並將此名詞當作與我發生關係、關聯的對象物（如我買X，我看X，我喝X的「X」）。舉例如中文：「請給我書」、「請給我牛奶」，這裡的「書」、「牛奶」就是所指的名詞，是給與我的對象物，與我發生關聯，所以要加「受格助詞」。繼之，受格助詞的搭配方法，也是我們在上方提到的，端看前方詞語有無收尾音而定。

　　所以我們綜合以上的觀念，可以寫出如下的句型：

책을　주세요.
請給我書。
우유를　주세요.
請給我牛奶。

　　這三組助詞，乃是韓國語中最基本的助詞，雖然韓國人在一般對談中，因講話速度快或者是貪圖方便，常常出現省略助詞的情況，但是筆者在這裡要提醒大家，在韓國語中有些助詞是不能省略的，如同下例：

대만에서　왔어요.
我從台灣來。

　　「에서」是個「場所助詞」（장소조사），前方接的是場所名詞，所以不論是在口語或者是寫作上都要使用，否則對方會聽不懂說話者的意思。

　　所以，筆者希望初學者在開始學習韓國語時，即使在口語中也不要省略這些助詞（本書因爲著重會話部分，所以筆者會視篇章對話的情況來安排），多使用這些助詞來養成口語習慣。而在寫作時，大家更是要把這些助詞一一標寫出來、添加上去，因爲正式的寫作、書寫體，比起溝通爲主的口頭語會更加要求文法的正確性。當然在後面，筆者還會隨時找機會來提醒大家的。

第二單元

第二單元

生活常用短句和
韓國語拼音文字結構

2-1 日常生活常用的56句

　　在這個單元，我們首先要來學習最基本的日常生活對話56句。而這56個句子，可以說是韓國人每天都會用到的句子喔。除此之外，以這56句子進行此書的開場的另外一個原因，在於我們在前面有學到四種韓國語拼音結構（見P.6、P.7），我也希望讀者在邊聽書中所附贈的MP3光碟，邊進行這56個句子的朗誦的同時，也能利用下面所設計的「習字區」以及「拼音結構」練習寫看看。筆者將之前學到的韓國語拼音結構編號同時標示在「答案」，保證在學完這56個句子之後，一定可以完全地掌握到韓國語的拼音結構以及字型寫法喔，那麼就讓我們開始吧。

2-2 拼音結構練習

♦ 안녕하세요. 請聽2-2-1
an nyeong ha se yo

您好。

　　韓國人平常見面打招呼時的用語。韓國語並不像中文，分別有「早安」、「午安」以及「晚安」各個時段的問候語，所以一致以這句話作為基本的問候語。

習字區：

拼音結構：

答案：3,3,1,1,2

◆ 안녕하십니까? ◎ 請聽2-2-2
an nyeong ha sip ni kka

您好。

跟前面意思相同的句子相比之下，這句話顯得更爲嚴
肅、尊敬，大多用在對長輩或者是公開場合時的問候語。

習字區：

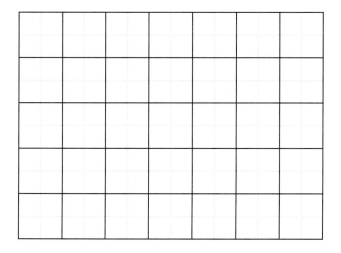

拼音結構：

答案：3,3,1,3,1,1

◆고마워요.

go ma wo yo

謝謝。

禮多人不怪，最基本的「謝謝」一定要學起來喔。

習字區：

拼音結構：

答案：2,1,2, 2

◆ 감사합니다. 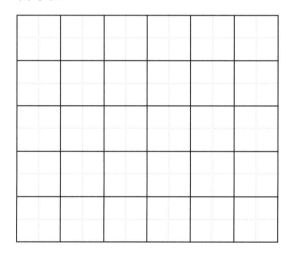 請聽2-2-4
kam sa hap ni da

謝謝您。

跟前面同樣意思的句子比較起來，這句話也是顯得更為嚴肅、尊敬。

習字區：

拼音結構：

答案：3,2,3,1,1

◈미안해요.

mi an hae yo

請聽2-2-5

對不起。

學完了「謝謝」，當然韓國語中表示「對不起」意思的句子，我們也不能忽略，它是從漢字「未安-」引申出來的句子。

習字區：

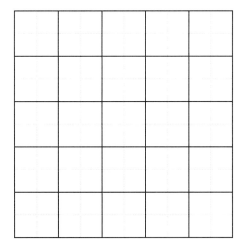

拼音結構：

答案：1,3,1,2

◆죄송합니다. 請聽2-2-6
joe song hap ni da

對不起。

　　由漢字「罪悚-」引申而來，同樣表示「對不起」意思的句子，跟上面的句子比較起來，此句更顯得嚴肅且尊敬。

習字區：

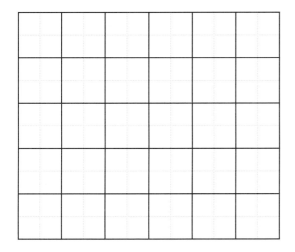

拼音結構：

答案：1,4,3,1,1

◈ 실례합니다.

sil rye hap ni da

 請聽2-2-7

不好意思、打擾一下。

若要詢問他人事情的話，就可以使用由漢字「失禮-」引申出來的此句子來作為開頭語。

習字區：

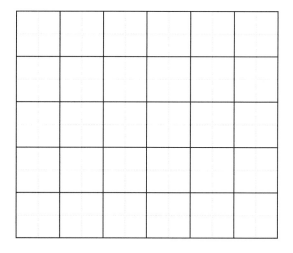

拼音結構：

答案：3,1,3,1,1

◆ 좋아요.
joh a yo

好的、不錯。

　　表示東西不錯、心情好，或者是贊成他人的意見，就會用到這一個韓國語形容詞句子，意思為：「好的、不錯」。

習字區：

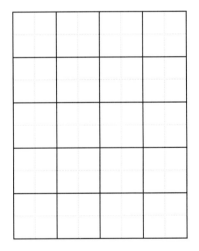

拼音結構：

答案：4,1,2

◆ 싫어요.

sirh eo yo

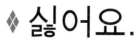

不好的、不願意。

　　為前面的句子相反意思的韓國語形容詞，也是常常在生活中會用到的句子。

習字區：

拼音結構：

答案：3,1,2

◈ 안녕히 가세요. 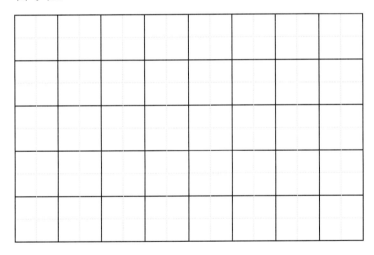 請聽2-2-10
an nyeong hi ga se yo

再見、請慢走。

這是當朋友來我們家玩，要離開跟我們道別時，我們對著要離去的朋友所說的問候語。

習字區：

拼音結構：

答案：3,3,1,1,1,2

♦ 안녕히 계세요. 🔊 請聽2-2-11
an nyeong hi gye se yo

再見、請留步。

　　跟前面句子的差別，乃是離去（離開我家）的朋友對著（留在原地、家裡）我們說的問候語，要我們：「別送了，請留步」。

習字區：

拼音結構：

答案：3,3,1,1,1,2

◆잘 자요.
jal ja yo

 請聽2-2-12

晚安。

　　「잘」乃是「好好地」的意思，所以搭配上後面動詞「자요」（睡）變化，就形成：「晚安」這個意思的句子。

習字區：

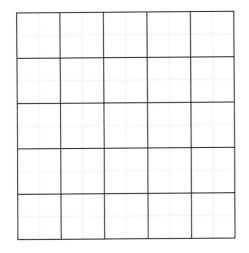

拼音結構：

答案：3,1,2

◆ 안녕히 주무세요. 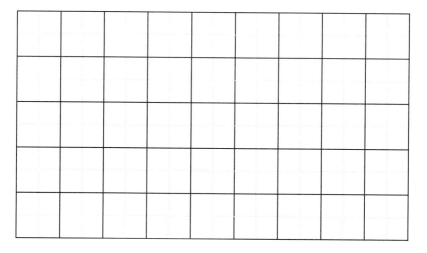 請聽2-2-13

an nyeong hi ju mu se yo

晚安。

　　跟上面句子同樣意思，都是祝人家「晚安」、「有個好眠」。但是我們可以看到，此句搭配上「안녕히」（漢字「安寧-」）副詞引申出來的句子，顯得更為尊敬，故此用語多用在對長輩就寢前所說的話語。

習字區：

拼音結構：

答案：3,3,1,2,2,1,2

◆다녀왔습니다.

da nyeo wajj seup ni da

我回來了。

　　每當上完課、回到家、要跟家裡的父母親報平安時，不能少的一句話，那就是「我回來了！」

習字區：

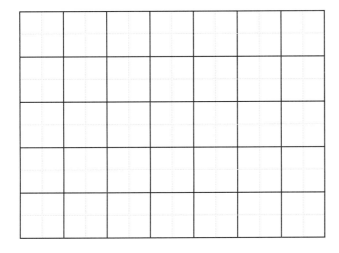

拼音結構：

答案：1,1,3,4,1,1

❖ 어서 오세요.

eo seo o se yo

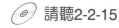

歡迎光臨。

　　這是常見於韓國店家招攬客人時，常常說的一句話。而在**韓國餐廳**，常常可以見到這句話被貼在門口。大家學會了這句話之後，下次到韓國時，可以特別注意一下喔。

習字區：

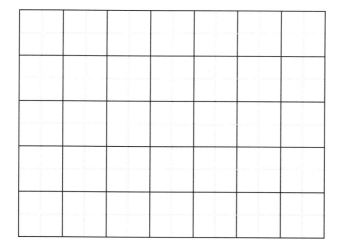

拼音結構：

答案：1,1,2,1,2

◆오빠.

o   ppa

哥哥（女生用）

　　這句話除了女生可以用在對自己親哥哥的稱呼之外，同時也是韓國男生最喜歡女生叫他們時用的稱呼。而男生稱呼哥哥的用語則是「형」。

習字區：

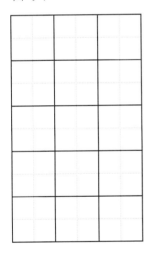

拼音結構：

答案：1,1

◆언니.

eon ni

姊姊（女生用）。

同樣地，我們在這裡就學到了女生稱呼姊姊時的用語；而男生稱呼姊姊的用語則是「누나」。

習字區：

拼音結構：

答案：3,1

◈ 저기요.
jeo gi yo

◎ 請聽2-2-18

那裡、喂（不好意思）。

這句話除了基本的「那裡」意思之外，大多數使用的場合，例如在餐廳點菜、呼喚服務生，或者是在日常生活中（比如要詢問陌生人事情時），要引起他人注意所用之句子。

習字區：

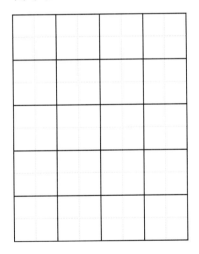

拼音結構：

答案：1,1,2

♦ 여기요.

yeo gi yo

這裡、喂（不好意思）。

◎ 請聽2-2-19

　　同樣地，這句話除了基本的「這裡」意思之外，如果是跟前面同樣的場景、狀況時，也可以使用此句來引起他人的注意。

習字區：

拼音結構：

答案：1,1,2

◆ 아가씨.

a　ga　ssi

 請聽2-2-20

小姐。

大多用在稱呼「尚未結婚的女士」身上。

習字區：

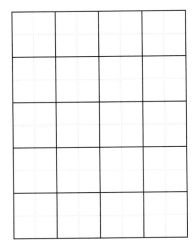

拼音結構：

答案：1,1,1

◆아저씨.
a jeo ssi

先生、叔叔。

大多用在稱呼「有點年紀」，或者「已經結婚的男性」身上。

習字區：

拼音結構：

答案：1,1,1

◆아줌마.
a jum ma

 請聽2-2-22

大嬸。

大多用在稱呼「已經結過婚」，或者是「有點年紀的女性」身上。

習字區：

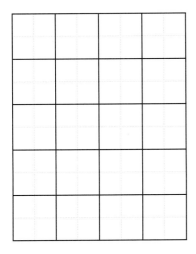

拼音結構：

答案：1,4,1

◆ 얼마입니까? 請聽2-2-23
eol ma ip ni kka

多少錢呢？

這一句話不用多加介紹，大家也知道這句話的重要性吧？因為這句話可是購物時必備的用語喔。

習字區：

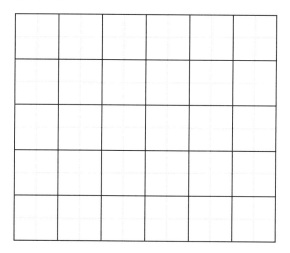

拼音結構：

答案：3,1,3,1,1

◆좀 비싸요. 請聽2-2-24

jom bi ssa yo

有點貴。

　　購物時的必備用語。用於希望賣方能算便宜一點的時候。

習字區：

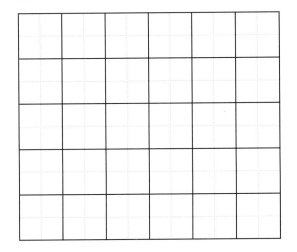

拼音結構：

答案：3,1,1,2

◆좀 깎아 주세요. 🔊 請聽2-2-25

jom kkakk a ju se yo

請算我便宜一點。

跟前面兩句話,剛好成為購物三部曲,詢問老闆:
「多少錢?」,然後說:「有點貴」,之後就是要「殺
價」囉。

習字區:

拼音結構:

答案:4,3,1,2,1,2

◆ 많이 파세요.　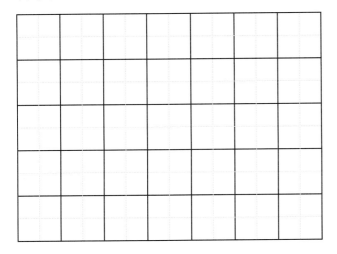　請聽2-2-26

man　i　pa　se　yo

祝您生意興隆。

　　這句話大多用在我們結完帳，要離開店家的時候，對店家說：「請多賣一些」，也就是「祝您生意興隆」的吉祥話。

習字區：

拼音結構：

答案：3,1,1,1,2

◆또 올게요.
tto ol ge yo

下次我會再來（光臨）的。

　　同樣的用法還有這一句話，也可以讓店家感到開心。也就是消費完要離開店家時，對店家說：「下次我還會再來光顧的」的吉祥問候話。

習字區：

拼音結構：

答案：2,4,1,2

♦ 건배.
geon bae

請聽2-2-28

乾杯。

　　韓國人性好喝酒，這句話一定是在酒席上，不能缺少的「乾杯」一語。

習字區：

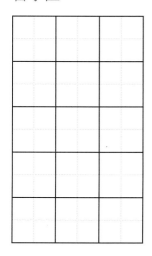

拼音結構：

答案：3,1

♦귀여워요.

gwi yeo eo yo

 請聽2-2-29

可愛。

　　這句話可以用在形容女生、小孩身上，也可以用於形容小狗、小貓等討喜的動物。

習字區：

拼音結構：

答案：1,1,1,2

◆ 잘 생겼어요. 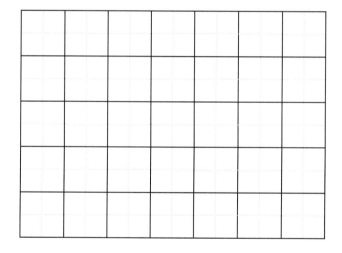 請聽2-2-30
jal saeng gyeoss eo yo

長得真帥。

　　在前面我們學過「잘」是「好」的意思，而「생기다」則是由漢字「（長得很有）生氣-」引申而來的句子，用來形容外表帥氣十足的男生。

習字區：

拼音結構：

答案：3,3,3,1,2

◈ 멋있어요. 請聽2-2-31

meot iss eo yo

好帥。

跟前面那句話意思一樣，這句話也是用在稱讚帥氣的男生身上。

習字區：

拼音結構：

答案：3,3,1,2

◆맛있어요. 請聽2-2-32

mat iss eo yo

好吃。

　　來到韓國品嚐韓國料理時，好吃的話可別忘記大聲地講出這句話，讚賞一下店家（或者是招待我們吃飯的韓國朋友的好意）喔。

習字區：

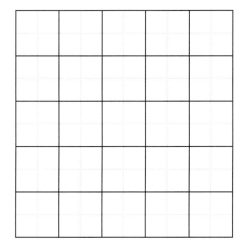

拼音結構：

答案：3,3,1,2

♦ 맛없어요.
mat eops eo yo

請聽2-2-33

不好吃、沒味道。

　　跟前面句子為相反意義。順便告訴大家，萬一真的遇到飯菜不合胃口時，就講出這句話來吧。只不過對人有點失禮，所以還是在心中默默發牢騷、練習這句話比較好。

習字區：

拼音結構：

答案：3,3,1,2

◆ 매워요.

 請聽2-2-34

mae wo yo

辣。

　　韓國料理特色之一便是「辣」，所以這句話也是我們不常吃辣的台灣同胞，去韓國時常常會用到的話語喔。

習字區：

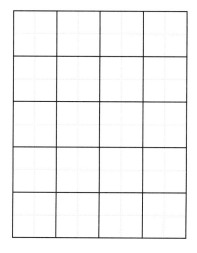

拼音結構：

答案：1,1,2

◆피곤해요.

pi gon hae yo

疲勞、累。

　　這是當跑步完、爬完山，或者是做完辛苦的工作之後，用來表達我們身體上的「疲勞」意思的句子。

習字區：

拼音結構：

答案：1,3,1,2

♦ 괜찮아요.
gwaen chanh a yo

 請聽2-2-36

沒關係、沒有大礙。

　　這是用在當我們在走路時，不小心被他人擦撞到，爲了表達自己「沒關係」、「沒有大礙」的意思的句子。而大家不要忘記韓國語疑問句的問法，也就是在句尾的聲調要往上揚喔。

習字區：

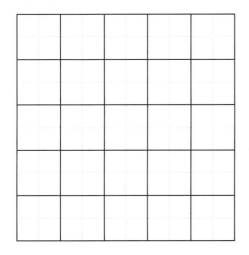

拼音結構：

答案：3,3,1,2

◆착해요.

chak hae yo

請聽2-2-37

乖巧的、善良的。

這句話大多用在描寫他人個性，談到他人的心地善良或者是個性良好的稱讚語。

習字區：

拼音結構：

答案：3,1,2

◆ 예뻐요. ◎ 請聽2-2-38

ye ppeo yo

漂亮。

這句話用來稱讚外表漂亮的女生。

習字區：

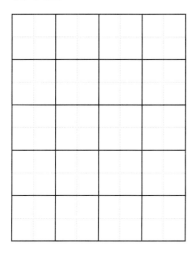

拼音結構：

答案：1,1,2

♦인기 많아요.　 請聽2-2-39

in gi manh a yo

人氣眞旺。

　　這句話可以通用在稱讚個性良好、外表也討人喜歡，追求者眾多的男女身上。除此之外，也可以用在演藝圈，人氣很旺的明星身上喔。

習字區：

拼音結構：

答案：3,1,3,1,2

◆사랑해요.

請聽2-2-40

sa rang hae yo

我愛妳。

這是學習語言一定會學到的話，它可是韓國人告白時的必備用語喔。

習字區：

拼音結構：

答案：1,3,1,2

❖ 힘내세요.
him nae se yo

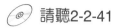 請聽2-2-41

加油、提起精神來。

　　當朋友考試考得不順利，或者是遇到不好的事情時，就可以用這句話來鼓勵他提起精神。

習字區：

拼音結構：

答案：3,1,1,2

♦ 취했어요. 請聽2-2-42

chue haess eo yo

我醉了。

要在酒席上表達自己已經喝不下了，或表達「我已經醉了」，就可以用這句話來擋酒囉。

習字區：

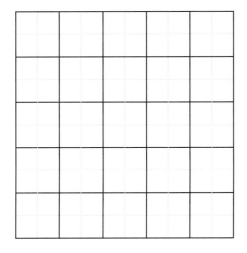

拼音結構：

答案：1,3,1,2

◆ 생일 축하해요. 🔘 請聽2-2-43
sueng il chuk ha hae yo

祝您生日快樂。

　　由漢字「生日-」（생일）以及「祝賀-」（축하）兩個單詞引申而來，用來祝福他人生日快樂的句子。

習字區：

拼音結構：

答案：3,3,4,1,1,2

❖ 잘 먹겠습니다. 請聽2-2-44

jal meok gess seam ni da

開動。

按照字面上翻譯，乃是：「我會好好地吃」。但是考慮到語言使用的脈絡，例如是用在朋友招待我們去他家作客吃飯時，用餐時我們對主人所說的：「開動」的意思喔。

習字區：

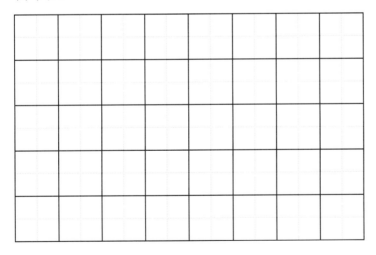

拼音結構：

答案：3,3,3,4,1,1

◆ 잘 먹었습니다. 請聽2-2-45

jal meok eoss seam ni da

我吃飽了、謝謝招待。

　　爲什麼在書中，筆者願意花費篇幅來介紹這些韓國語句子的使用脈絡給大家知道呢？主要的理由是，語言不能脫離生活使用，如這句話按照字面上翻譯，乃是：「我好好地吃完了」。但是它所使用的場合，則是在我們作客他人家，用完餐之後，對主人道謝所說的：「我吃飽了」、「謝謝招待」的意思。

　　大家認爲，「我好好地吃完了」跟「謝謝招待」，這兩種翻譯方式哪一個比較恰當呢？

習字區：

拼音結構：

答案：3,3,3,4,1,1

◆배가 고파요. 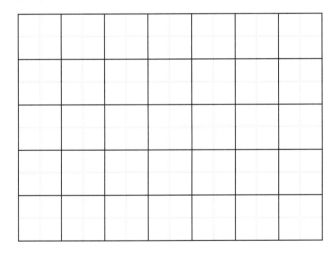 請聽2-2-46
bae ga　　go pa yo

我肚子餓。

同樣地，來到國外，即使無法進行較長的對話，但最基本的表達自己的需求：「肚子餓了」意思的句子，一定要學起來喔。

習字區：

拼音結構：

答案：1,1,2,1,2

◆ 배가 불러요. 請聽2-2-47
bae ga bul ri yo

我吃飽囉。

　　而當我們再也吃不下時，可別勉強硬塞吃下朋友招待的美食喔。這時候可以用這句話來適當地告知對方：「我吃飽了」。

習字區：

拼音結構：

答案：1,1,4,1,2

◆또 연락해요. 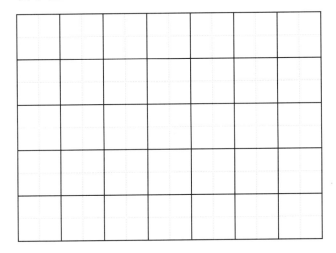 請聽2-2-48
tto yeon rak hae yo

再聯絡。

在前面我們學到了跟朋友再見、道別時說的「再見」的用語，同樣地這句話也是韓國人道別時常用到的句子喔。

習字區：

拼音結構：

答案：2,3,3,1,2

◆바보야!（半語） 請聽2-2-49
ba bo ya

你傻瓜啊！

這句話有點帶有開玩笑的口氣，用在對經常做出一些無厘頭行為的朋友，嘻笑地說他們是傻瓜的意思。

習字區：

拼音結構：

答案：1,2,1

❖처음 뵙겠습니다. 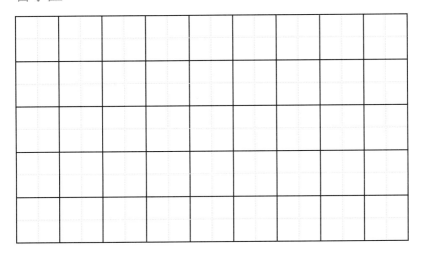 請聽2-2-50

cheo eum boi gess sip ni da

第一次見到您、首次見面。

　　這是在韓國人之間，第一次見面時，一定會用到的開場白用語。

習字區：

拼音結構：

答案：1,4,3,3,4,1,1

◆ 만나서 반가워요. 🔘 請聽2-2-51

man na seo ban ga wo yo

很高興跟您見面。

同樣地,接著前面的「第一次跟您見面」的意思相同,這是用來打招呼的客套話、問候語。

習字區:

拼音結構:

答案:3,1,1,3,1,1,2

♦ 좋은 친구가 되었으면 합니다.

joh eun chin gu ga   doe eoss eu myeon hap ni da

希望以後能跟您變成好朋友。

 請聽2-2-52

　　這句話也常常用在我們用來想要親近某人，或者想要結交的朋友時的客套話、問候語。

習字區：

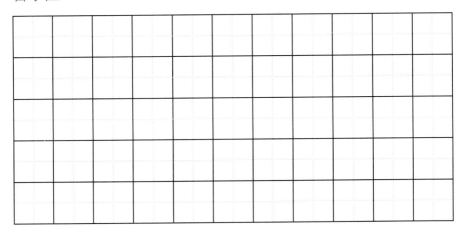

拼音結構：

答案：4,4,3,2,1,1,3,2,3,3,1,1

◆ 잘 부탁합니다.

jal bu tak hap ni da

 請聽2-2-53

請您多多照顧、拜託您囉。

　　這句話是用在初次見面之時，也就是「請您（以後）多多照顧」的意思。或者是拜託他人、請求他人幫忙時，也會用到這個句子。

習字區：

拼音結構：

答案：3,2,3,3,1,1

◈기분이 좋아요. 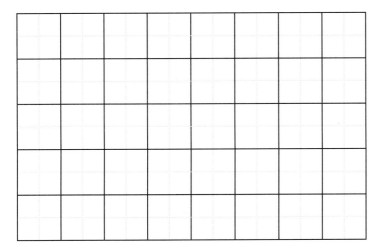 請聽2-2-54
gi bun i joh a yo

心情真好。

當發生好事情，或者是心情愉悅時，都可以用由漢字「氣分-」（기분）引申而來的這句話，來表達自己快樂的心情。

習字區：

拼音結構：

答案：1,4,1,4,1,2

♦ 이름이 뭐예요?

🔊 請聽2-2-55

i reum i mueo ye yo

你叫什麼名字？

這是我們跟第一次見面的朋友對話時，一定會用到的用語，也就是「詢問他人的名字」。當然我們在接下來的單元，還會陸續學習到更多的見面用語，而在這裡，我們先學會這句話就可以囉。

習字區：

拼音結構：

答案：1,4,1,1,1,2

◆ 잠깐만요. 請聽2-2-56

jam kkan man yo

請等一下。

這句話使用到的頻率也很高。在要求對方稍微等我們一下，或者請對方留步時，就會用到這句話了。

習字區：

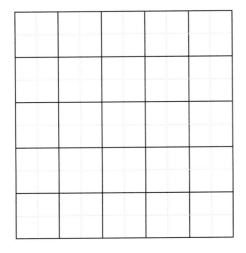

拼音結構：

答案：3,3,3,2

第三單元

第三單元
基礎韓國語文法

3-1　學校

◆ 校園會話與文法

　　這裡我們首先要以學校為場景，分別來介紹韓國語文法中，常用到的「에」（場所助詞），以及「네.」（是）以及「아니요.」（不是）的回答方法。之後我們也將分析最基本的表達「你有沒有某物品？」以及「我有某物品」、「我沒有某物品」的韓國語句子中的「있어요」（有）跟「없어요」（沒有）的用法。最後，再來教導大家韓國語的句子中，「請求他人做某件事情」（「-（으）세요」）的表現語法。

1.가：어디 가요?　◎ 請聽3-1-1

　　你要去哪裡？

　나：학교에 가요.

　　我要去學校。

　　在韓國語特色中，有一點很重要的也就是韓國語名詞後方所接的多樣化「助詞」（조사）；而在這裡我們將要學到的助詞，就是「에」，也就是接在「前往的地方、場所」（類似英文的to）後方的助詞。

　　所以當我們要表達：「我要去某處（地方）」時，大家別忘記在場所後方加上「에」這一個助詞喔。

　　同樣地，下面有許多場所名詞，請大家套進去句型中練習看看。

　　活用句型：（場所名）＋에 가요.　◎ 請聽3-1-2

　　　　　　我要去（場所名）。

● 場所相關詞彙

학교：學校	집：家
식당：餐廳	공원：公園
도서관：圖書館	병원：醫院
우체국：郵局	은행：銀行
백화점：百貨公司	시장：菜市場
슈퍼마켓：超級市場	피씨방：網咖
화장실：廁所、化妝室	약국：藥局

노래방：KTV	커피숍：咖啡廳
문방구：文具行	서점：書局
동물원：動物園	미술관：美術館
공항：機場	수영장：游泳池

2.가：오늘 수업이 있어요? 請聽3-1-3

今天有課嗎？

나：네, 있어요.

是，有的。

아니요. 없어요.

不是，沒有的。

在講解表達「有」、「沒有」的韓國語句型之前，首先我們要學習最基本的「是」、「不是」的答句，也就是韓國語中的「네」以及「아니요」（前者乃為感嘆詞，無韓國語單詞原型；後者為形容詞，原型乃是：아니다）。

我想這裡的用法大家應該都能很輕易地掌握吧！也就是表示肯定時，採用「네」；而當表示否定，回答時則是使用「아니요」。

那麼接下來的句子請大家聽著MP3練習看看，並按照自己的情況來回答。

가：남동생이 있어요? 請聽3-1-4

你有弟弟嗎？

나 : 네, 있어요.
　　是，有的。
　　아니요, 없어요.
　　不是，沒有的。

가 : 돈이 있어요?
　　你有錢嗎？
나 : 네, 있어요.
　　是，有的。
　　아니요, 없어요.
　　不是，沒有的。

가 : 안경이 있어요?
　　你有眼鏡嗎？
나 : 네, 있어요.
　　是，有的。
　　아니요, 없어요.
　　不是，沒有的。

3.가 : 공책이 있어요?　　⊚ 請聽3-1-5
　　　你有筆記本嗎？
　나 : 네, 있어요.
　　　（是），有的
　　　아니요. 없어요.
　　　（不是），沒有的。

在這裡我們學會了表達「是」、「不是」意思之後，接下來，我們要來進階地學習韓國語的「有」、「沒有」的用法，也就是「있어요」、「없어요」（原型分別是：있다和없다）。

而我們也可以清楚地看到，在表達「有沒有？」意思的韓國語句子中，常常在前方接上固定的「네」、「아니요」等用詞。

例如下方的例子：

가：돈이 있어요?　　🔘 請聽3-1-6
　　你有錢嗎？

나：네, 있어요.
　　（是），有的。
　　아니요, 없어요.
　　（不是），沒有的。

接著，如果我們想要單獨表達：「我有尺」這句話時，要怎麼說呢？

也就是：

가：자가 있어요.
　　我有尺。

　　同樣地，當我們要表達：「我有鉛筆」這一句話時，又要怎麼說呢？那就是：

　　가：연필이 있어요.
　　　　我有鉛筆。

　　在此，大家有沒有發現到，兩個句子的助詞不太一樣呢？沒錯，就是在我們所舉例的名詞中，前者（「자」，尺）沒有收尾音；而後者（「연필」，鉛筆）則是有收尾音的，造成前者名詞後方接「가」，而後者名詞接「이」（為主格助詞）。而這裡的助詞搭配，我們在前面第一單元中「韓國語句型主格、受格助詞概論」就有談到過了，大家可以翻到前面再複習看看喔。

　　那麼，下面筆者將列出一些在教室中常常出現的物品，請大家透過底下的單詞，來練習造句看看。

　　例如：

　　가：시계가 있어요.　　請聽3-1-7
　　　　我有手錶。
　　가：가방이 있어요.
　　　　我有背包。

● 教室物品相關詞彙

가방：背包	시계：手錶
책：書	의자：椅子
책상：書桌	지우개：橡皮擦
공책：筆記本	수첩：小筆記本
볼펜：原子筆	자：尺
연필：鉛筆	필통：鉛筆盒

　　那麼，一定會有人會問，「我沒有尺」跟「我沒有鉛筆」要怎麼說呢？沒錯！就是利用上面我們學到的「없어요」，而成為下面的句子。同樣地，也請大家要注意一下名詞後方所接的助詞喔。

　　가：자가 없어요.　　請聽3-1-8
　　　　我沒有尺。
　　가：연필이 없어요.
　　　　我沒有鉛筆。

　　最後，我們利用教室裡常常出現的物品，再來練習一下「我沒有某種物品」的說法。例如：

　　열쇠가 없어요.　　請聽3-1-9
　　我沒有鑰匙。
　　사진이 없어요.
　　我沒有照片。

● 教室物品相關詞彙

사진：照片	전화：電話
휴대폰=핸드폰：手機	지갑：錢包
칼：刀	칠판：黑板
안경：眼鏡	열쇠：鑰匙
달력：月曆	풀：漿糊
종이：紙	

4.읽으세요. ◎ 請聽3-1-10

　請您唸看看。

쓰세요.

　請您寫看看。

대답하세요.

　請您回答（問題看看）。

　在韓國語的課堂上，韓文老師最常要求學生的句子，就是：「請您唸看看」、「請您寫看看」等等言語，所以在這裡我們要來介紹最基本的「請您做某事」的韓國語語法。也就是在韓國語動詞後方，去除語尾的「다」之後，加上「- (으)세요」。搭配方式則是看詞語若有收尾音，則接「으세요.」；無收尾音以及特殊狀況收尾音為「ㄹ」時，則接「세요.」。

　如底下幾個動詞，請大家試著練習看看喔。

공부하다. → 공부하세요.  請聽3-1-11

學習　　　　請學習

1. 쓰다. (寫)

2. 가다. (去)

3. 보다. (看)

4. 읽다. (唸)

5. 앉다. (坐)

6. 뛰다. (跑)

7. 입다. (穿)

8. 주다. (給)

9. 하다. (做)

解答：

1. 쓰세요.

2. 가세요.

3. 보세요.

4. 읽으세요.

5. 앉으세요.

6. 뛰세요.

7. 입으세요.

8. 주세요.

9. 하세요.

　　而此文法有其特殊狀況，比如收尾音爲：ㄹ、ㄷ、ㅅ
等狀況，會變成「아세요」（原型動詞爲：알다，知道、

明瞭）,「들으세요」（原型動詞為：듣다,聽）等等。

　　除此之外,還有單詞的變化,例如：먹다（吃）,마시다（喝）搭配此文法,則是變成「드세요.」（請享用）的特殊狀況。但因為這本書是設計給初學者學習之用,所以筆者在此省略不談。有興趣的讀者請參閱敝人的其他兩本著作《簡單快樂韓國語1、2》（統一出版社）,裡面有較詳盡的說明。

　　而有關於更多的日常生活動作,請參閱本書的附錄部分（P.185、186）。

　　5.가：알겠어요?　　　請聽3-1-12
　　　　你知道了嗎？你有聽懂、明白嗎？
　　나：네, 알겠습니다.
　　　　（是的）,我有聽懂、明白。
　　　　아니요, 잘 모르겠어요.
　　　　（不是的）,我不太明白、不懂。

　　這對話也是在課堂上下課之際,老師常常詢問學生的用語,而這也是固定用法。大家不妨也把它記下來吧。

　　最後,綜合在這一章節我們所學到的,如果最後老師詢問學生對於今天所上課的內容有無「問題」（질문「漢字：質問-」）的話,我們分別想要回答「我有問題」跟「我沒有問題」兩句話要怎麼說呢？我想聰明的您應該已

經想到了吧？沒錯，就是：

　　가：질문이 있어요? 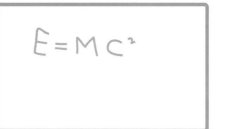 **請聽3-1-13**
　　　　有問題嗎？

　　나：네, 질문이 없어요.
　　　　（是），沒有問題的。

　　　　아니요. 질문이 있어요.
　　　　（不是），我有問題。

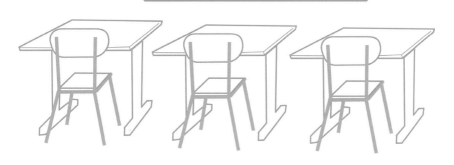

3-2 朋友見面

◆ 朋友間的會話與文法

　　每個人的生活中，都免不了要跟人接觸，而後才跟與自己個性相近的人結交爲好朋友。所以在這一章節中，將透過生動的朋友見面場景，除了增進我們韓國語會話發音之外，也將學到如何表達自己的名字、國籍，以及學習韓國語數字應用在詢問他人年紀、生日以及身高等等各方面；還有陳述自己的生肖、星座話題。在最後我們也會深入分析、講解韓國語名詞終結語尾的「是」（이다）的正式型尊敬語以及非正式型尊敬語的文法。

　　1.가 : 이름이 무엇입니까? ◎ 請聽3-2-1
　　　　您的名字是什麽？
　　　나 : <u>진경덕</u>이라고 합니다.
　　　　我叫做陳慶德。
　　　　（畫底線的部分，請替換成自己的名字）
　　　　저는 <u>진경덕</u>입니다.
　　　　我是陳慶德。

　　每個人在與新朋友見面時，一定會用到的就是：請教他人名字句子，所以大家一定要把這裡的問句以及答法流暢地學起來喔。

　　而這裡我們可以看到，主文中的正式型尊敬語「이름이 무엇입니까?」跟非正式型尊敬語：「이름이 뭐예요?」差別只在於前者的疑問句的「무엇」（什麼？）一詞，被縮寫成後者的「뭐」（什麼？），而語尾「입니까?」（是？）被縮寫成「예요」（是？）而已，而這兩句話都是相同意思的。

　　在這裡筆者還補充給大家，更爲尊敬的說法，也就是：

　가：성함이 어떻게 되십니까?　◎ 請聽3-2-2
　　　請問您尊姓大名？

　　藉由講解這個文法，筆者還要補充一個萬用句型給大家。也就是當我們看到神奇、不懂的東西時，就可以指著它，開口用韓國語問對方：

　가：이것이 뭐예요?　◎ 請聽3-2-2（後）
　　　這個是什麼？

　　而答句方面，若要回答：「我叫做（名字）」，要怎麼說呢？也就是大家的名字若像筆者一般（陳慶德，진경덕）有收尾音的話，加「이라고 합니다.」；沒有收尾音的話，就加「라고 합니다.」。如同下例：

가：진경덕（有收尾音）이라고 합니다. ◎ 請聽3-2-3

我叫做陳慶德。

신은주（無收尾音）라고 합니다.

我叫做申銀珠。

當然，還有最簡單的回答方式，就是不分名字有無收
尾音，直接加上「입니다」（이다）的語尾用法。

變成：

진경덕입니다. ◎ 請聽3-2-3（後）

我是陳慶德。

신은주입니다.

我是申銀珠。

2.가：어느 나라사람입니까? ◎ 請聽3-2-4

您是哪國人？

어디에서 왔습니까?

您來自哪裡的？

대만 사람입니까?

您是台灣人嗎？

나：대만 사람입니다.

我是台灣人。

대만에서 왔습니다.

我來自台灣。

네, 대만사람입니다.

是的，我是台灣人。

　　大家來到韓國，我想除了被韓國人詢問名字之外，接
下來就是國籍（국적）問題了。所以，在上方筆者整理出
來，韓國當地詢問外國人問法常常用到的句型，而這些句
型也已經是固定的用法了。遇到他人詢問時，大家也別太
緊張，要流利地講出我們來自台灣喔。

　　而底下，筆者列出了常常用到的國家和地名，給大家
練習發音。

가：（國家名）＋에서 왔습니다. 請聽3-2-5

　　我來自（國家名）。

國家相關詞彙

대만：台灣	태국：泰國
일본：日本	프랑스：法國
중국：中國	홍콩：香港
미국：美國	러시아：俄羅斯
영국：英國	호주：澳洲
독일：德國	캐나다：加拿大
말레이시아：馬來西亞	몽고：蒙古

3.가 : 남자친구가 있어요?　　請聽3-2-6

　　　妳有男朋友嗎？

　　　여자친구가 있어요?

　　　你有女朋友嗎？

　　爲什麼會介紹這句話呢？因爲筆者在韓國留學的時候，發現到韓國人最愛問人家「幾歲？」、「有沒有男女朋友？」以及「興趣」這三個議題，所以這對話可以說也是常出現的。

　　那麼，大家還記得要如何回答嗎？沒錯，也就是應用我們之前所學到的「有、沒有」的句型來回答。

나 : 네, 있어요.　　請聽3-2-6（後）

　　　（是），有的。

　　　아니요, 없어요.

　　　（不），沒有。

4.가 : 생일이 언제예요?　　請聽3-2-7

　　　你的生日是什麼時候？

　나 : 8[팔]월19[십구]일이에요.

　　　8月19日。

　　這裡我們就要開始練習韓文數字的用法。首先韓國語的數字「基數」（양수사, Cardinal Numerals）有兩個最

基本的數字體系，即：「漢字音基數數字」（한자어 양수
사, Sino-Korean Cardinal Numerals）和「純韓文基數數字」
（한글 양수사, Pure Korean Cardinal Numerals）。而在回
答月份的句型，應用到的也就是：「漢字音基數數字」，
所以我們先來介紹。

首先，漢字音基數體系表如下：

● **漢字音基數體系** 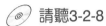 請聽3-2-8

韓文	영	일	이	삼	사	오	육	칠	팔	구	십
中文	零	一	二	三	四	五	六	七	八	九	十
韓文	십일	십이	십삼	십사	십오	십육	십칠	십팔	십구	이십	삼십
中文	十一	十二	十三	十四	十五	十六	十七	十八	十九	二十	三十
韓文	사십	오십	육십	칠십	팔십	구십	백	천	만	억	조
中文	四十	五十	六十	七十	八十	九十	百	千	萬	億	兆

※特殊狀況：
(1)육+월→（月）ㄱ脫落，發音以及寫作爲유월（六月），如：유월 오일
입니다. 六月五號。
(2)십+월（月）→ㅂ脫落，發音以及寫作爲시월（十月），如：시월 이십
일입니다.十月二十一日。

所以，在上面正文句型中，當我們回答「8月19日」的
月份時，所用到的數字就是漢字音基數數字。

同樣地，也請大家開口練習一下，下面生日的說法：
1.6月14日。

2.9月22日。

3.4月30日。

解答： 請聽3-2-9

1. 유월 십사일.

2. 구월 이십이일.

3. 사월 삼십일.

5.가 : 몇년생입니까? 請聽3-2-10

您是幾年出生的？

나 : 1980[천구백팔십]년생입니다.

1980年出生。

在上面我們看到問人家生日的用法之後，回答生日月份用的就是「漢字音基數數字」。那麼若是別人詢問我們是幾年出生的話，同樣地，在回答年份時，也是用漢字音數字喔，就如同上方的「1980年」。

接著，大家就來練習一下底下幾個年月份的說法吧。

1.1990年。

2.1987年。

3.1987年3月10日。

4.1984年6月22日。

解答： 請聽3-2-11

1. 천구백구십년.

2. 천구백팔십칠년.

3. 천구백팔십칠년 삼월 십일.

4. 천구백팔십사년 유월 이십이일.

6.가 : 키가 얼마나 커요? ◎ 請聽3-2-12

你多高呢？

나 : 178[백 칠십팔]센티미터예요.

178公分。

除此之外，在詢問他人身高時，回答幾公分，也是用「漢字音數字」喔。

我想一定有人會問，那麼要回答體重的時候呢？沒錯，也是使用漢字音數字。但是，體重總是秘密，所以在這裡筆者只以身高為例。

7.가 : 몇 살입니까? ◎ 請聽3-2-13

您幾歲呢？

나 : 24[스물 네]살입니다.

我24歲。

我們提到韓國語數字除了有「漢字音基數數字」體系之外，還有一個「純韓文基數數字」（한글 양수사, Pure Korean Cardinal Numerals）體系，而在此我們也要透過這些對話來進行純韓文數字的練習。

首先，純韓文基數體系表如下：

● 純韓文基數體系

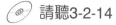 請聽3-2-14

韓文	공	하나/한	둘/두	셋/세	넷/네	다섯	여섯	일곱	여덟	아홉	열
中文	0	1	2	3	4	5	6	7	8	9	10
韓文	스물	서른	마흔	쉰	예순	일흔	여든	아흔			
中文	20	30	40	50	60	70	80	90			

※特殊狀況：스물（二十）+살（歲），當數字「二十」與「量詞（歲）」
　搭配時，會變成「冠形詞」（관형사；Modifier Form），用來修飾後面
　的名詞時ㄹ會脫落，所以「二十歲」的韓國語發音以及寫作皆是：「스
　무 살」。

　　是故，如同上面的對話，當我們要回答「24歲」時，
使用的數字就是「純韓文數字」。大家一定會問，什麼時
候會用到漢字音數字、什麼時候又會用到純韓文數字？筆
者建議，先把屬於自己最基本的資訊（如出生年月日、歲
數）記下來，因為這些都是最常用到的，而且方便我們背
誦韓文數字。當然，我們在後面還會有練習到數字的章
節。

　　而韓國人常常提問的問題就是問人家年紀，大家被問
到也不要感到不開心，因為這是他們在語言上所展現出來
的一種思考模式，那就是對於年紀大的人使用敬語，對於
年紀小的人使用半語。而韓國語這樣的語言精神和思考模
式，經常就在日常生活的問句中被表現出來。

接下來，大家也來開口練習看看，下面的歲數數字的
念法：

1.28歲。

2.35歲。

3.18歲。

4.20歲。

5.26歲。

解答： 請聽3-2-15

1. 스물 여덟 살.

2. 서른 다섯 살

3. 열 여덟 살.

4. 스무 살.

5. 스물 여섯 살.

※更多有關於「日期以及時刻」的應用，請參考此最
書後附錄。

8.가：무슨 띠입니까? 請聽3-2-16

　　您的生肖是（屬）什麼？

　나：원숭이입니다.

　　（屬）猴子。

底下補充12生肖的用語，請大家也來練習看看，如何
說出自己所屬的生肖（띠）。

가：무슨 띠입니까? 請聽3-2-17

　　您的生肖是（屬）什麼？

나：（生肖名）＋입니다.

　　（屬）（生肖名）。

● 生肖相關詞彙

쥐：鼠　　　　　　　　소：牛

호랑이：虎　　　　　　토끼：兔

용：龍　　　　　　　　뱀：蛇

말：馬　　　　　　　　양：羊

원숭이：猴　　　　　　닭：雞

개：狗　　　　　　　　돼지：豬

9.가：별자리가 뭐예요? 請聽3-2-18

　　您的星座是什麼？

　나：사자자리예요.

　　獅子座。

　　當然，韓國年輕人之間也會討論星座的話題，下面我們也列出12星座（별자리）的韓文，讓大家來練習看看。

가：별자리가 뭐예요? 請聽3-2-19

　　您的星座是什麼？

나：（星座名）＋예요.

　　（星座名）座。

● 星座相關詞彙

물병자리：水瓶座	물고기자리：雙魚座
양자리：牡羊座	황소자리：金牛座
쌍둥이자리：雙子座	게자리：巨蟹座
사자자리：獅子座	처녀자리：處女座
저울자리：天秤座	전갈자리：天蠍座
사수자리：射手座	염소자리：摩羯座

♈ ♉ ♊ ♋ ♌ ♍ ♎ ♏ ♐ ♑ ♒ ♓

大家還記得嗎？在這章節的最初，我們介紹了「您的名字是什麼？」句型時，談到了正式型尊敬語「이름이 무엇입니까?」跟非正式型尊敬語：「이름이 뭐예요?」差別只在前者的疑問句「무엇」（什麼？）被縮寫成後者的「뭐」（什麼？），而「입니까?」（是？）被縮寫成「예요?」（是？）；而這裡，我們回答星座（별자리）時可以看到「별자리」這個字詞沒有收尾音，所以加上搭配名詞無收尾的終結語尾的「예요」（是）。

所以，搭配名詞的終結語尾文法乃是，有收尾音的接：「이에요」，沒有收尾音的接：「예요」，皆表示：「是…」的意思。而若要表示疑問句的話，只要把句子後方的「.」符號改成問號「？」之後，再把聲調往上揚即可。

如同下例：

陳述句： 請聽3-2-20

용입니다. = 용이에요.
我屬龍。
처녀자리입니다. = 처녀자리예요.
我是處女座。

疑問句： 請聽3-2-21

용입니까? = 용이에요?
你屬龍嗎？
처녀자리입니까? = 처녀자리예요?
你是處女座嗎？

10.가 : 그 분은 누구입니까? 請聽3-2-22
　　　這一位是誰？
　　나 : 우리 여동생입니다.
　　　她是我的妹妹。

在詢問對方身邊的人是誰時，可少不了這句話喔！

值得注意的是，韓國人很喜歡「우리」這一個單詞（從某個角度而言，為什麼我們對於韓國人的第一印象，總是覺得他們很團結、愛國的原因，都是來自這個字），也就是當韓國人談到自己的家人、國家、學校或者是老師，不會說「我的家人」、「南韓」、「我的學校」或

者是「我的老師」，而是用「我們」（우리）說「我們的
家人」、「我們國家」、「我們的學校」以及「我們的
老師」。所以上面對話，答句談到自己的妹妹時，要說：
「我們的妹妹」。如同下面的例句：

우리 언니. 　　請聽3-2-23

我們的姊姊。（女用）

우리 나라.

我們國家。（指南韓）

우리 학교.

我們的學校。

우리 선생님.

我們的老師。

以下是最常用的家族（가족）詞彙，提供大家學習。

● 家族詞彙

할아버지：爺爺	할머니：奶奶
외할아버지：外公	외할머니：外婆
아버지 = 아빠：爸爸（아빠是小孩子親暱叫法）	어머니 = 엄마：媽媽（엄마是小孩子親暱叫法）
형：哥哥（男用）	누나：姊姊（男用）
오빠：哥哥（女用）	언니：姊姊（女用）
남동생：弟弟	여동생：妹妹

（還有更多的家族稱謂，敬請參閱附錄P.189）

11.가 : 결혼하셨습니까?   請聽3-2-24

　　您結婚了嗎？

나 : 네, 결혼했습니다.

　　是的，已經結婚了。

　　아니요, 싱글입니다.

　　不，我是單身。

　　這個會話句型很簡單，是由「결혼하다」（結婚）以及「싱글」（單身；single）組成的問答，加上我們之前學習過的「是、不是」的回答法，我想這句話應該是難不倒大家的。但是若要表達：「不，我還沒有結婚，可是有男（女）朋友」時該怎麼說呢？簡單的說法，就是加上一個「그렇지만」（但是、可是）的轉折語，就可以表達囉。例如底下的例句：

  請聽3-2-25

가 : 결혼하셨습니까?

　　您結婚了嗎？

나 : 아니요, 그렇지만 남자친구가 있습니다.

　　不，我還沒有結婚，可是有男朋友。

　　아니요, 그렇지만 여자친구가 있습니다.

　　不，我還沒有結婚，可是有女朋友。

3-3 職業以及興趣

◆ 職業介紹

　　這個章節，我們將透過最基本的介紹自己以及詢問他人的職業，來學習韓國語文法中「正式型尊敬語」以及「非正式型尊敬語」的名詞終結語尾變化。除此之外，我們也將學習表達自己以及詢問他人興趣的用法，進而在補充句型中，筆者還要教導各位，在韓國當地與朋友見面時，如何稱讚他人，以及跟他人交換聯絡方式的句型。

　　1.가 : 직업이 무엇입니까? 　　請聽3-3-1
　　　　您的職業是什麼？
　　　　직업이 뭐예요?
　　　　你的職業是什麼呢？
　　나 : 학생입니다.
　　　　我是學生。
　　　　요리사예요.
　　　　我是廚師。

　　在前面，我們有提到「무엇」（什麼？）可以縮寫成「뭐」；那麼接下來，在名詞後方所接的終結語尾變化究竟是怎麼來的呢？在這裡，筆者就以我們學過的概念，來做一個基本的總整理。

『正式型尊敬語』名詞終結語尾的疑問句：

名詞（不分有無收尾音）+ 입니까?

您是XXX嗎？

如同下例： 請聽3-3-2

가：학생입니까?

　　您是學生嗎？

나：아니요, 선생님입니다.

　　不是，我是老師。

『正式型尊敬語』名詞終結語尾的肯定、陳述句：

名詞（不分有無收尾音）+ 입니다.

我是XXX。

如同下例： 請聽3-3-3

가：학생입니까?

　　您是學生嗎？

나：네, 학생입니다.

　　是的，我是學生。

『非正式型尊敬語』名詞終結語尾的疑問句：

名詞有收尾音時 + 이에요?

名詞無收尾音時 ＋ 예요？

如同下例： 請聽3-3-4

대통령이에요?

你是總統嗎？

변호사예요?

你是律師嗎？

『非正式型尊敬語』名詞終結語尾的肯定、陳述句：

名詞有收尾音時 ＋ 이에요.

名詞無收尾音時 ＋ 예요.

대통령이에요. 請聽3-3-4（後）

我是總統。

변호사예요.

我是律師。

　　我們看到了，「非正式型尊敬語」的名詞終結語尾的疑問句以及陳述、肯定句的差別，在於前者的句子後方乃是「？」號，且語尾聲調有明顯的音調上揚而形成疑問句；而陳述、肯定句則是在句子後方的標點符號是「.」，且語尾聲調持平，我想大家透過MP3一定可以清楚地聽到這兩者聲調上的差別。

然而，學會了此文法之後，我們該如何把前面的例子，用「非正式型尊敬語」來替換呢？也就是：

가：학생이에요? 請聽3-3-5

你是學生嗎？

나：아니요, 가수예요.

不是，我是歌手。

我想大家透過以上的說明，應該能清楚地瞭解「是不是…」的韓文句型了。那麼，我們透過這裡的職業單元來練習一下，所學到的正式型尊敬語以及非正式型尊敬語的名詞終結語尾吧！在下方筆者整理出常常應用到的職業身份，讓大家來練習看看。

◆ **職業相關對話** 請聽3-3-6

問：您是（職業名）。

가：（職業名）＋입니까?

（職業名）＋이에요?

（職業名）＋예요?

答：我是（職業名）。

나：저는（職業名）＋입니다.

저는（職業名）＋이에요.

저는（職業名）＋예요.

● 職業相關詞彙

학생：學生	대학생：大學生
대학원 학생：研究所學生	예술가：藝術家
회사원：上班族	선생님：老師
초등학교 선생님：國小老師	중학교 선생님：國中老師
고등학교 선생님：高中老師	번역자：翻譯者
교수：教授	요리사：廚師
운동선수：運動選手	배우（영화배우）：演員（電影演員）
가수：歌手	기자：記者
주부：主婦、家管	모델：模特兒
의사：醫生	점원：店員
간호사：護士	음악가：音樂家
변호사：律師	미용사：美容師
경찰：警察	작가：作家

在這裡，筆者再簡單地補充在職場上交換名片以及聯絡資訊等會話用語，除了讓大家練習發音之外，搞不好哪一天就會派上用場喔。

◎ 請聽3-3-7

1. 명함을 주실 수 있습니까?

   您可以給我您的名片嗎？

2. 이건 제 명함입니다. 받으세요.

   這是我的名片，請您收下。

3. 미안합니다. 명함이 다 떨어졌습니다.

   對不起，我的名片剛好用完了。

4. 전화번호를 좀 가르쳐 주시겠습니까?
您能告訴我您的電話號碼嗎？

5. 메일주소를 좀 적어 주시겠습니까?
您能寫給我您的電子郵件信箱嗎？

◈ **興趣**

2.가 : 취미가 뭐예요? ◎ 請聽3-3-8
您的興趣是什麼呢？

나 : 산책하는 것을 좋아해요.
我喜歡散步。

낚시하는 것입니다.
（我的興趣）是釣魚。

　　在上面我們學習完名詞的正式型以及非正式型尊敬語的語尾變化之後，我想大家應該很清楚地知道，「취미가 뭐예요?」這個「非正式型尊敬語」的問句，要如何變成「正式型尊敬語」的問句了吧？也就是：

가 : 취미가 무엇입니까?
您的興趣是什麼呢？

　　接下來，答句的部分，基本上有兩種答法，如上方筆者所示。

　　而底下筆者也整理出我們在日常生活中，常常談到的興趣（취미）用語，也請大家來練習看看喔。

◆ **興趣相關對話** 🔘 請聽3-3-9

　　가：（興趣名）＋을 좋아해요.

　　　　我喜歡（興趣名）。

　　나：（興趣名）＋입니다.

　　　　我的興趣是（興趣名）。

● **興趣相關詞彙**

책 읽는 것：閱讀	영화 보는 것：看電影
음식 먹는 것：吃東西	낚시 하는 것：釣魚
음악 듣는 것：聽音樂	사진 찍는 것：拍照
축구 하는 것：踢足球	컴퓨터 하는 것：打電腦
여행 하는 것：旅行	쇼핑 하는 것：購物、敗家
춤추는 것：跳舞	골프 치는 것：打高爾夫球
파아노 치는 것：彈琴	산책 하는 것：散步
조깅 하는 것：慢跑	

那麼應用上面的興趣詞彙，我們要如何來組成疑問句呢？

沒錯！也就是： ◎ 請聽3-3-10

가：（興趣名）＋을 좋아해요?
　　你喜歡（興趣名）？
나：（興趣名）＋입니까?
　　你的興趣是（興趣名）嗎？

在學完上面的介紹自己職業以及興趣的文法之後，筆者在底下又補充了幾句交友會話句型，讓大家到韓國之後，也能夠輕易地跟他人打開話匣子，並透過短句來開口說韓國語。

◎ 請聽3-3-11

1. 오빠가 너무 멋있어요.
　　哥哥您真的很帥。（女用）
2. 아가씨가 정말 예뻐요.
　　小姐您真的很漂亮。
3. 아가씨가 너무 귀여워요.
　　小姐您真的很可愛。
4. 당신의 미소를 너무 좋아해요.
　　我很喜歡您的微笑。
5. 당신의 눈을 너무 좋아해요.
　　我很喜歡您的眼睛。

6. 만나서 반갑습니다.

   很高興見到您。

7. 대만 영화를 좋아하십니까?

   您喜歡台灣電影嗎？

8. 어느 배우를 가장 좋아하십니까?

   您喜歡哪位演員？

9. 좋아하는 소설이 있어요?

   您有喜歡的小說嗎？

10. 대만에 가 본 적이 있습니까?

    你有去過台灣嗎？

11. 대만에 노러 오면 꼭 연락해 주세요.

    如果到台灣玩的話，一定要跟我聯絡哦。

12. 이것은 저의 전화 번호입니다.

    這是我的電話（拿出寫著自己電話的紙條給對方）。

13. 이것은 제메일 주소입니다.

    這是我的電子郵件帳號（拿出寫著自己電子郵件
    帳號的紙條給對方）。

14. 자주 연락해 주세요.

    請常常跟我聯絡喔。

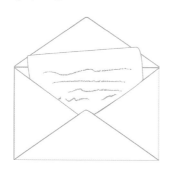

3-4 在酒吧中

◆ 酒吧相關對話

　　韓國人的娛樂生活，最基本的範疇脫離不了三樣，即「唱歌、喝酒以及跳舞」（음주가무）。所以筆者在這一個單元，將會透過韓國人常去的酒吧場景的對話，除了讓大家應用我們已經學過的「數字」之外，也要來介紹韓國語文法中，極為重要的動詞的正式型尊敬語以及非正式型尊敬語的變化。

1.가 : 어서 오세요. ◎ 請聽3-4-1
　　歡迎光臨。
　나 : 세 명입니다.
　　三位。
　가 : 뭐 드릴까요?
　　您們要喝點什麼？
　나 : 맥주 세 병 주세요.
　　給我三瓶啤酒。

　　在這裡我們看到，點酒類的時候，所用的量詞也就是我們之前學過的純韓文基數數字。

　　而在下方筆者列出基本的韓國酒類，讓大家使用數字來練習看看。

가：（飲料名）＋（數量）＋병 주세요. 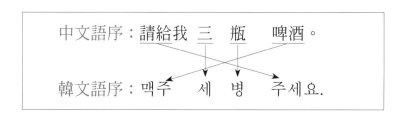 請聽3-4-2

給我（飲料名）＋（數量）瓶。

● 飲料相關詞彙

콜라：可樂	사이다：汽水
맥주：啤酒	막걸리：小米酒
소주：燒酒	

而在這裡，筆者要提醒大家的是，如同我們說出上面的韓文句型：「請給我三瓶啤酒」時，數字搭配量詞來使用時，韓國語語序是跟中文不一樣的，變成：「啤酒三瓶請給我」喔。

也就是：

中文語序：請給我 三 瓶 啤酒。

韓文語序：맥주 세 병 주세요.

除此之外，在韓國喝燒酒都是用小杯子喝，而啤酒則是使用大容量的酒杯，所以在這裡筆者也補充給大家，跟店員追加杯子的說法。

請聽3-4-3

컵 하나 더 주세요.

請再多給我一個杯子。

소주 잔 하나 더 주세요.

請多給我一個燒酒杯。

맥주 잔 하나 더 주세요.

請多給我一個啤酒杯。

2.가：소주를 좋아합니까? 請聽3-4-4

　　您喜歡燒酒嗎？

　나：네, 좋아합니다.

　　是的，我喜歡。

　　在這裡我們要進入動詞的正式型以及非正式型尊敬語變化了。首先我們看到經過語尾變化的「좋아합니까?」的動詞原型也就是「좋아하다」（喜歡），而動詞的「正式型尊敬語」的疑問句語尾變化，則是：

動詞有收尾音時＋ 습니까?

動詞若無收尾音時＋ ㅂ니까?

如同下面的例子： 請聽3-4-5

좋아하다 → 좋아합니까?

　　　　喜歡嗎？

먹다 → 먹습니까?

　　你要吃嗎？

其次，動詞的正式型尊敬語陳述、肯定句語尾變化搭配方式，乃是：

動詞有收尾音時＋습니다.[1]
動詞若無收尾音時＋ㅂ니다.

如同下面的例子： 請聽3-4-6

좋아하다 → 좋아합니다.
　　　　　我喜歡。
먹다 → 먹습니다.
　　　　我要吃。

接著，我們繼續來看動詞的「非正式型尊敬語變化」（「動詞+아（어/여）요？」）又是如何呢？也就是，端看動詞的母音屬於下面哪個範疇而加以搭配的。

首先是動詞的母音是ㅗ、ㅏ＋아요

如：가다＋아요→가아요→（因為發音關係，發音急促縮語成）가요？
　　你去嗎？

---

1 除此之外，還有比如收尾音為：「ㄹ」的不規則變化，例如：살다.（活），正式型尊敬語的問句：삽니까?（活著嗎？），正式型尊敬語的陳述、肯定句語尾變化則為：삽니다.（活著）。但因為篇幅的緣故，韓國語的不規則變化敬請參閱散人的其他著作。

母音非ㅗ、ㅏ之外＋어요

如：먹다＋어요→먹어요？你要吃嗎？

母音是하＋여요（又稱해요체）

如：좋아하다＋여요→좋아해요？你喜歡嗎？

而同樣地，動詞的非正式型尊敬語的陳述、肯定句，搭配方法如上（「動詞+아（어/여）요.」），只不過語尾聲調持平，而且不加「？」，改為加「.」。就以我們在上面舉出的動詞為例：

動詞的母音是ㅗ、ㅏ＋아요

如：가다＋아요→가아요→（因為發音關係，發音急促縮語成）가요. 我去。

母音非ㅗ、ㅏ之外＋어요

如：먹다＋어요→먹어요. 我要吃。

母音是하+여요（又稱해요체）

如：좋아하다＋여요→좋아해요. 我喜歡。

所以，上面主文中的對話，原屬於搭配正式型尊敬語的語尾變化動詞。我們又要如何改成非正式型尊敬語呢？也就是：

가：소주를 좋아합니까? ◎ 請聽3-4-7

您喜歡燒酒嗎？

나 : 네, 좋아합니다.

　　是的，我喜歡。

가 : 소주를 좋아해요?

　　你喜歡燒酒嗎？

나 : 네, 좋아해요.

　　是的，我喜歡。

更多有關於「飲料、酒類以及茶點」的補充詞彙，請參考附錄（P.191）。

3.가 : 술을 자주 마셔요?　　請聽3-4-8

　　你常常喝酒嗎？

　나 : 네, 자주 마셔요.

　　　是的，我常喝。

這個句型，筆者添加了一個頻率副詞「자주」（常常）在句子當中。其次，我們可以清楚地看到，這裡的對話是屬於非正式型尊敬語的動詞語尾變化（「動詞+아（어/여）요」），原型動詞也就是「마시다」（喝）。

但是，大家一定會很好奇，根據規則，動詞「마시다」母音是「ㅣ」加上語尾變化的「어요」應該要變成「마서요」才對，怎麼會變成「마셔요」？

其實，道理很簡單，請大家試著來發看看「마서요」以及「마셔요」兩個音。是不是覺得後面的比較好發

音呢？也因此，當動詞的「ㅣ」變化成非正式型尊敬語時，搭配「어」，會發成「여」的音（寫作時也是寫成如此）。

而在下方，筆者舉出幾個韓國語動詞，來搭配基本的非正式型尊敬語變化，方便大家學習。

學習小技巧：拆解式動詞非正式型尊敬語語尾變化[2]：

單詞母音是「ㅏ」+搭配的語尾「ㅏ」→ㅏ
가다+아요→가요. 前去
單詞母音是「ㅗ」+搭配的語尾「ㅏ」→ㅘ
보다+아요→봐요. 看
單詞母音是「ㅜ」+搭配的語尾「ㅓ」→ㅝ
배우다+어요→배워요. 自修學習
單詞母音是「ㅡ」+搭配的語尾「ㅓ」→ㅓ
쓰다+어요→써요. 寫
單詞母音是「ㅣ」+搭配的語尾「ㅓ」→ㅕ
마시다+어요→마셔요. 喝
單詞母音是「ㅏ」+搭配的語尾「ㅕ」→ㅐ
공부하다+여요→공부해요. 學習

---

2 這裡所教導的動詞「正式型尊敬語」以及「非正式型尊敬語」的語尾變化，就時態上而言，乃是「現在式」。而下面的單元，我們也會介紹到形容詞的變化以及動詞、形容詞兩者的過去式語尾變化。

那麼，底下筆者列出幾個韓國語動詞，請大家來練習看看「非正式型尊敬語」語尾變化。

請聽3-4-9

1. 청소하다.（打掃、清理。）
2. 찾다.（尋找。）
3. 있다.（有。）
4. 구경하다.（觀賞。）
5. 사다.（購買。）
6. 차리다.（處理、準備。）
7. 참다.（忍耐、忍受。）
8. 나가다.（出去、離開。）

解答：

1. 청소해요.
2. 찾아요.
3. 있어요.
4. 구경해요.
5. 사요.
6. 차려요.
7. 참아요.
8. 나가요.

3-5 告白以及分手

在這一單元，我們首先要學習的是韓國人在告白時常常會用到的句型以及描述他人外貌和個性的形容詞的用法。另外，也要來學習形容詞的正式型、非正式型尊敬語的語尾變化，接下來延伸到形容詞用來修飾名詞的冠型詞用法。最後，我們將以動詞、形容詞否定型用法，以及分手時不可或缺的韓國語對話來結束此單元。

1.가 : 저는 착한 사람을 좋아해요. 請聽3-5-1
　　我喜歡乖巧的人。
　　저는 작은 여자를 좋아해요.
　　我喜歡個子小的女生。

這句話我們可以看到，形容詞「착하다」（乖巧的）用來修飾後面的名詞「사람」（人）。而這裡的文法其實很簡單，也就是端看韓國語的形容詞有無收尾音，若有收尾音就加「은」；沒有收尾音的話，則是加「ㄴ」，用來修飾後方的名詞。如同下例：

좋다→좋은 남자
　　好的男生。
예쁘다→예쁜 여자
　　漂亮的女生。

　　同樣地，下面筆者整理出形容他人外表以及個性的韓國語詞彙，請大家來練習看看喔。

🔘 請聽3-5-2

저＋（外貌、個性）＋남자를 좋아해요.

我喜歡（外貌、個性）的男生。

저는＋（外貌、個性）＋여자를 싫어해요.

我討厭（外貌、個性）的女生。

● 描述外貌的形容詞

韓文	中文
키가 크다	個子高
키가 작다	個子矮
말랐다	瘦（乾巴巴，不好看！）
날씬하다	苗條
통통하다	圓滾滾
뚱뚱하다	胖呼呼（比통통하다胖）
다리가 굵다	大腿粗
다리가 가늘다	大腿纖細
머리가 길다	長頭髮
머리가 짧다	短頭髮
어깨가 넓다	肩膀寬
어깨가 좁다	肩膀窄
체격이 크다	體格壯
체격이 작다	體格小

● 描述個性的形容詞 請聽3-5-3

韓文	中文
진지하다	眞實的
성실하다	誠實的、老實的
성격이 좋다	個性好的
부지런하다	勤奮的
게으르다	懶惰的
부드럽다	溫柔的
밝다	開朗的
적극적인	積極的
활발하다	活潑的
예의 바르다	有禮貌的
훌륭하다	厲害的
위대하다	偉大的
교활하다	狡猾的
친절하다	親切的
오만하다	驕傲的
조용하다	安靜的
품격 있다	有品味的
영리하다	機靈的
똑똑하다	聰明的
자상하다	仔細的
싱글벙글	笑盈盈的
엄격하다	嚴格的
귀엽다	可愛的
얌전하다	文靜的
급하다	急躁的
인기 있다	受歡迎的人

韓文	中文
멋있다	帥氣的
재미있다	有趣的
재미없다	無趣的

　　※特殊情形：但是要特別注意的是，如果是以下的單詞：「멋있다」（帥氣）、「재미있다」（有趣的）、「재미없다」（無趣的），也就是以「있다」、「없다」當作結尾的單詞，則是直接加上「는」，此為特殊情形，請特別注意。如同下例：

멋있는 남자.
帥氣的男生。

　　除此之外，還有「ㅂ」的不規則變化，如「귀엽다」（可愛的）一詞，要來修飾後面名詞，需先把「ㅂ」變成「우」之後加上「ㄴ」來修飾之，如同下例：

귀여운 여자를 좋아해요.
我喜歡可愛的女生。

而不是：

귑은 여자를 좋아해요. (×)

　　這裡牽涉到進階的不規則變化，有興趣的人可參考本人所著《簡單快樂韓國語1》第四章第11單元。

2.가：오빠가 좋습니까? 　請聽3-5-4
　　（你覺得）我好嗎？
　나：네, 오빠가 좋습니다.
　　哥哥真好。（女生用）

　　在上面句型，筆者先介紹韓國當地告白常常用到的句型；也就是女生對男方說的：「오빠가 좋아요.」（哥哥真好）。

　　這裡我們看到，「좋아요」為形容詞，且變化成非正式型尊敬語的語尾，原型則是「좋다」（好的）。那麼問題是，韓國語形容詞原型如何變成正式型尊敬語以及非正式型尊敬語，來形成終結語尾呢？

　　其實就如同我們在前方所學到的動詞變化一般，「正式型尊敬語」的搭配方式是看形容詞的有無收尾音而決定。

　　形容詞正式型尊敬語的疑問句語尾變化搭配規則：

　　形容詞有收尾音時＋습니까?
　　形容詞無收尾音時＋-ㅂ니까?

如同下例：

좋다＋습니까? →좋습니까? 好嗎？
착하다＋-ㅂ니까? →착합니까? 乖巧嗎？

形容詞正式型尊敬語的陳述、肯定句語尾變化搭配規則：

形容詞有收尾音時＋습니다.
形容詞無收尾音時＋-ㅂ니다.

如同下例[3]：

좋다＋습니다→좋습니다. 好的。
착하다＋-ㅂ니다→착합니다. 乖巧的。

那麼，形容詞的「非正式型尊敬語」（아（어/여）요.）語尾變化又是如何呢？沒錯，也是跟前面的動詞變化一樣，端看韓國語形容詞母音而決定。

母音是ㅗ、ㅏ＋아요 如：

싸다＋아요→싸아요→（因爲發音關係，發音急促縮語成）싸요.（便宜的。）

---

3 除此之外，還有收尾音為「ㄹ」的不規則變化，例如：멀다.（遠的），正式型尊敬語的問句：멉니까?（遠嗎？），正式型尊敬語的陳述、肯定句語尾變化則為：멉니다.（遠的）。

母音除了ㅗ、ㅏ之外＋어요 如：

적다＋어요→적어요.（少的。）

母音是하+여요 如：

뚱뚱하다＋여요→뚱뚱해요.（圓滾滾的。）

同樣地，若是疑問句的話，請把句子後方的「.」改成問號「？」之後，聲調再往上揚即可[4]。

學完了這裡的文法之後，主文中的那兩句對話，我們若改成「非正式型尊敬語」會呈現怎麼樣的形式呢？

也就是如同下例：

가：오빠가 좋아요?
　　我喜歡哥哥嗎？
나：네, 좋아요.
　　是的，沒錯。

最後，筆者在下方再來補充幾句韓國當地告白時，常常用到的句型讓大家練習開口說韓語。

4　這裡所教導形容詞的「正式型尊敬語」以及「非正式型尊敬語」語尾變化，就時態上而言，也就是「現在式」。而下面的單元，我們即將介紹動詞、形容詞兩者的過去式語尾變化。

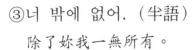 請聽3-5-5

가 : ①오빠를 좋아해요.

　　我喜歡哥哥。

　②사랑해요.

　　我愛您。

　③너 밖에 없어. (半語)

　　除了妳我一無所有。

　④당신 밖에 없습니다.

　　除了您我一無所有。

　⑤첫눈에 반했어요.

　　我（對您是）一見鍾情。

　⑥우리 한 번 사귈까요?

　　我們要不要交往看看？

　⑦경덕씨, 제가 지켜 줄게요.

　　慶德（＿＿＿爲替換名字處），我想要守護您。

　⑧행복하게 해 줄게요.

　　我會給您幸福的。

가 : 저를 얼마나 좋아해요?

　　您有多喜歡我呢？

나 : 하늘마큼 땅만큼 좋아해요.

　　非常喜歡。（像天、像地一般寬廣地喜歡。）

3.가 : 당신과는 성격이 안 맞습니다. 請聽3-5

　　　我和您的個性不合。

　　　이제 당신을 사랑하지 않습니다.

　　　現在我已經不再愛您了。

　　大家還記得，中國古典小說《三國演義》第一回的開頭語嗎？「話說天下大勢，分久必合，合久必分。」，這應該是個真理吧？沒錯，有交往當然就會有分手的時候，而這時候，我們看到的分手台詞的前兩句，首先第一句話是「맞습니다.」，是來自形容詞的「맞다」（對的）；而第二句話，「사랑하지 않습니다.」來自動詞的「사랑하다」（愛）。而這裡要教導大家的基礎文法就是動詞、形容詞的否定句型。

　　首先第一種否定用法是：在動詞、形容詞前方直接加上「안」（不, not）一副詞來表示否定。如同下例：

　　動詞：

　　가다.→ 안 가요.
　　去　　 不去。
　　먹다.→ 안 먹어요.
　　吃　　 不吃。

形容詞：

비싸다. →안 비싸요.
昂貴　　　不貴。
맵다. →안 매워요.
辣　　　不辣。

接著，第二種否定用法是：不管動詞、形容詞有無
收尾音，直接在語尾加上「-지 않다」表示否定。如同下
例：

動詞：

가다. →가지 않아요.
去　　　不去。
먹다. →먹지 않아요.
吃　　　不吃。

形容詞：

비싸다. →비싸지 않아요.
昂貴　　　不貴。
맵다. →맵지 않아요.
辣　　　不辣。

基本上，這兩個否定型用法都可以互相替換。但是在這裡有幾件事要特別提醒大家。

1.有些韓國語詞彙要以「안」來表達否定型態，中間不可以加受詞，若要加受詞，應該要使用「名詞＋을/를 안 하다」的否定句型。如同下例：

(1)전화를 안 해요. （○）　不打電話。

(2)안 전화해요. （✕）

2.對於有些動作、描寫狀態的韓國語詞彙，不能使用「안＋動詞、形容詞」此一否定句型。如同下列所述：

있다（有）、없다（沒有）；알다（知道）、모르다（不知道）；재미있다（有趣）、재미없다（無聊）等等。

而造句不能造成如下句子：

안 있어요. (✕)

因為「있다」（有）的相反對應詞是：「없다」（沒有）。

안 알아요. (✕)

而「알다」（知道）的相反對應詞就是：「모르다」（不知道）。

以上這些詞彙，無法使用否定句型的原因是：它們都有其對立、反面的否定單詞存在，所以不可以搭配否定型文法。

3.韓國人的說話習慣：

韓國語的句型，是充滿著婉轉的口氣，就韓國當地人的說法，除非是表達極大的否定、負面意義，不然大多使用「動詞、形容詞＋지 않다」句型。所以，就這三點看起來，概括論之「動詞、形容詞＋지 않다」句型比較活用。

（當然，除此之外，還有表達「能力不足」、「不具備著某條件，而做不到某事」的否定用法等。）

在我們講解完這裡的文法之後，我想上面的主對話句子，應該變得很簡單了吧？那麼，同樣地，我們把這兩句話的否定型互相對換一下，會變成怎麼樣？如同下例：

당신과는 성격이 맞지 않습니다.
我和您的個性不合。
이제 당신을 안 사랑해요.
現在我已經不再愛您了。

接下來，在這個單元的最後部分，筆者就來補充幾句韓國人分手最常用到的對話，讓大家練習。

請聽3-5-7

가：우리 헤어져! (半語)
　　我們分手吧。

나：좋아, 헤어져. (半語)
　　好，分手就分手。
　　당신과 헤어질 수 없습니다.
　　我無法跟您分開。

이제 만나지 않는 게 좋겠습니다.
希望以後我們不要再見面了。

이제 지겨워. (半語)
現在我已經受夠妳、厭煩妳了。

3-6 交通

◆ 交通相關對話

　　我們將透過交通場景的單元，以眾多的替換變化句型的應用，來連接下一個單元「實用會話」。當然，在這個場景，我們將會學到的韓國語文法乃是動詞、形容詞的正式型尊敬語、非正式型尊敬語的「過去式」變化，以及韓國語中的「六大疑問詞」、連接詞「和」、「以及」（-이랑、과/와），以及表示「方向」（-으로）等的用法。

　　1.가：어제는 한국에 갔어요. 　請聽3-6-1
　　　　昨天我去韓國了。

　　我們在前面的單元中，已經分析過在韓國語動詞、形容詞以及名詞中，表示現在式的語尾變化。而這一個句型，我們可以觀察到，當我們陳述過去發生的事情（「어제」，昨天），看到原型動詞「가다」（前去）的語尾變化成為：「갔어요.」，這就是「過去式」語尾變化的表現方式。那麼它的搭配規則是什麼呢？

　　首先，我們還是以「正式型尊敬語」以及「非正式型尊敬語」兩大語尾變化來依序述說動詞、形容詞以及名詞的變化。

「正式型尊敬語」的動詞、形容詞過去式疑問句語尾變化：

動詞、形容詞+-았（었/였）습니까?

動詞、形容詞的母音是ㅗ、ㅏ+았습니까?

如：가다. →갔습니까?
　　前去　　去過了嗎？

動詞、形容詞的母音是ㅗ、ㅏ以外 + 었습니까?

如：마시다. →마셨습니까?
　　喝　　　喝過了嗎？

動詞、形容詞的母音是하 + 였습니까?

如：공부하다. →공부했습니까?
　　學習　　　學習過了嗎？

「正式型尊敬語」的動詞、形容詞過去式肯定、陳述句語尾變化：

動詞、形容詞+-았（었/였）습니다.

動詞、形容詞的母音是ㅗ、ㅏ+았습니다.

如：가다. →갔습니다.
　　前去　　去過了。

動詞、形容詞的母音是ㅗ、ㅏ以外 + 었습니다.

如：마시다. →마셨습니다.
　　喝　　　喝過了。

動詞、形容詞的母音是하＋였습니다.

如：공부하다.→공부했습니다.

　　學習　　　學習過了。

在上面我們學習完「正式型尊敬語」的動詞、形容詞語尾變化之後，接下來的「非正式型尊敬語」又是如何變化呢？也就是：

動詞、形容詞+-았（었/였）어요.搭配規則是：

動詞、形容詞的母音是ㅗ、ㅏ+았어요.

如：가다.→갔어요.

　　前去　　去過了。

動詞、形容詞的母音是ㅗ、ㅏ以外＋었어요

如：먹다.→마셨어요.

　　喝　　　喝過了。

動詞、形容詞的母音是하＋였어요

如：공부하다.→공부했어요.

　　學習　　　學習過了。

同樣地，大家別忘記上面為「非正式型尊敬語」的陳述句語尾變化，若是疑問句的話，則是把句子後方的「.」改成疑問號「？」之後把聲調往上揚即可。

那麼，學會這邊的動詞以及形容詞的過去式變化，大家可以把上面主句的「에저는 한국에 갔어요.」改成「正

式型尊敬語」格式嗎？也就是：

어제는 한국에 갔습니다.

下面，筆者寫出幾個例句，讓大家一目瞭然地看出我們在前面學到的文法變化：

(1)저는 학교에 갔습니다.
　＝ 저는 학교에 갔어요.
　　我去過學校了。
(2)저는 바나나우유를 마셨습니다.
　＝ 저는 바나나우유를 마셨어요.
　　我喝過香蕉牛奶了。
(3)저는 한국어를 공부했습니다.
　＝ 저는 한국어를 공부했어요.
　　我學習過韓國語了。

形容詞：

(1)어제 날씨는 너무 더웠습니다.
　＝ 어제 날씨는 너무 더웠어요.
　　昨天天氣很熱。
(2)어제 본 영화는 재미있었습니다.
　＝어제 본 영화는 재미있었어요.
　　昨天看的電影很有趣。

　　當我們學習完韓國語過去式以及前面的現在式時態的變化之後，一定會有人問，那麼韓國語的「未來式」時態要如何表現呢？關於這一個部分，筆者想說在此書中無法處理，也不必處理。主要的原因在於，未在式時態可以用現在式來代替，所以筆者才會在本書中的文法單元，只設計出「過去式」以及「現在式」的文法說明。況且因為此書乃是著重於會話，這裡列舉出來的文法，乃是筆者認為大家需要理解的一般韓國語會話，以及所要具備的基本文法。

2.가：누구랑 같이 갔어요?　⊘ 請聽3-6-2
　　你和誰一起去的？
　나：동생이랑 같이 갔어요.
　　我和弟弟一起去的。

　　這裡我們要來介紹，在每個語言中，都一定會有的「疑問詞」，也是就「哪裡」、「什麼時候」、「為什麼」、「誰」和「如何」，以及最後的「什麼」。當然韓國語中，也有這不可或缺的六大範疇「疑問代名詞」，筆者整理、舉例如下：　⊘ 請聽3-6-3

1.어디?　　　　　가：어디에 가요?
　哪裡？　　　　　妳要去哪裡？

2. 언제?　　　　　가 : 언제 만나요?

何時？　　　　　　　什麼時候見面？

3. 왜?　　　　　　가 : 왜 가요?

爲什麼？　　　　　　爲什麼去呢？

4. 누구?　　　　　가 : 누구랑 같이 가요?

誰？　　　　　　　　妳和誰一起去？

5. 어떻게?　　　　가 : 어떻게 가요?

如何、怎麼樣？　　　妳怎麼去呢？

6. 뭐?　　　　　　가 : 뭐를 샀어요?

什麼？　　　　　　　妳買了什麼？

而我們生活中的所有的問句，都包括在這六大疑問詞當中。

這裡的主要問句，問的是跟誰一起去。我們在這裡可以看到「和」、「以及」的文法，表現在「랑」這裡。應用的時機乃是連接兩個名詞時所用，文法搭配規則乃是：

名詞有收尾音時，加-이랑

名詞無收尾音時，加-랑

如同下面的例句：

물이랑 바나나를 샀습니다.

我買了水跟香蕉。

바나나랑 물을 샀습니다.

我買了香蕉跟水。

除此之外，韓國人口語中常用的「과/와」，文法搭配的規則乃是：

名詞有收尾音時，加-과

名詞無收尾音時，加-와

如同下面例句：

물과 바나나를 샀습니다.
我買了水跟香蕉。
바나나와 물을 샀습니다.
我買了香蕉跟水。

同樣地，在上面學會此連接詞的用法之後，我們以「사과」（蘋果）以及「가방」（包包）兩單詞爲例，分別來造句看看吧。

請聽3-6-4

1. 사과랑 가방을 샀습니다.
   我買了蘋果跟包包。
2. 가방이랑 사과를 샀습니다.
   我買了包包和蘋果。
3. 사과와 가방을 샀습니다.
   我買了蘋果和包包。
4. 가방과 사과를 샀습니다.
   我買了包包和蘋果。

3.버스정류장이 어디 있어요?  請聽3-6-5
　公車搭乘站是在哪裡呢？

　　我想這個句子應該難不倒大家吧？這也就是用於詢問他人「버스정류장」（公車搭乘處）所在位置在哪裡之時。

　　除此之外，若要詢問他人「計程車搭乘處」、「買票處」以及「地鐵站」在哪裡的話，我們也只需要把句子中的畫底線處加以替換即可。如同下例： 請聽3-6-6

　　택시 승강장이 어디 있어요?
　　計程車搭乘處是在哪裡呢？
　　매표소가 어디 있어요?
　　買票處是在哪裡呢？
　　지하철역이 어디 있어요?
　　地鐵站是在哪裡呢？

4.가：공항으로 가주세요. 請聽3-6-7
　　請送我到機場（搭計程車時）

　　這句話也是韓國人日常生活當中常常出現的應用句型，用於我們在搭乘計程車時，跟司機表達我們要去的目的地、方向時。所以在這裡我們可以看到在「機場」（공항）此一目的地的後方，加上了一個「-으로」助詞文法，

也就是表達「往…」的意思。搭配的文法乃是：

名詞若有收尾音時，加-으로

名詞若無收尾音或者是ㄹ時，加-로

如同下面的例句：

강남으로 가주세요.

請送我到江南。

여의도로 가주세요.

請送我到汝矣島。

那麼下面的幾個單字，大家也利用此句型來練習看看吧！

請聽3-6-8

（旅遊景點）＋으로 가주세요.

請送我到（旅遊景點）。

● 旅遊景點詞彙

韓文	中文
동대문	東大門
서울역	首爾火車站
롯데월드	樂天世界
올림픽공원	奧林匹克公園

請聽3-6-9

동대문으로 가주세요.

請送我到東大門。

서울역으로 가주세요.

請送我到首爾火車站。

롯데월드로 가주세요.

請送我到樂天世界。

올림픽공원으로 가주세요.

請送我到奧林匹克公園。

（更多有關於「韓國當地觀光景點」的詞彙請參考附錄（P.192），以及《一看就會的韓語拼音》（書泉出版社）一書當中的內容。）

第四單元

第四單元

實用會話

在前面的單元中，我們分別在第一單元分析完韓國語的拼音結構，以及講解完韓文句型中的助詞；在第二單元，我們藉由韓國人每天都會用到的最基本的生活短句來熟悉韓國語的拼音結構以及發音；在第三單元，我們透過場景會話、簡短的句子，學習到基礎的韓國語文法。

那麼在本書的第四單元，將要介紹的是我們前往韓國旅行時，一定會遇到的「在機場以及旅館」、「購物」、「餐廳」以及「緊急狀況」的四大情況。在這裡筆者的設計乃是著重透過替換性句型，以及大量的句子，讓大家更加熟悉韓國語語感以及發音。當然在其中，我們也會介紹幾個常用的基本韓國語文法來給各位加以活用。

4-1 在機場以及旅館（加底線處可以替換以下的詞彙喔！）

1.15[십오]번 탑승구가 어디예요? ◎ 請聽4-1-1
請問15號登機口在哪裡？

● 機場詞彙

韓文	中文
환전소	換錢處
관광안내소	觀光資訊詢問處
수하물 수취대	行李領取處
화장실	化妝室
지하철역	地下鐵站
공중전화	公共電話
버스정류장	巴士站
동쪽 축구	東邊的出口

2.이것은 저의 항공권입니다. ◎ 請聽4-1-2
這是我的機票。

● 證件詞彙

韓文	中文
여권	護照
비자	簽證
가방	包包

韓文	中文
수하물 보관증	行李條
입국카드	入境表格

3.창가좌석을 주세요. ◎ 請聽4-1-3
請給我靠窗的座位。

● 訂座位詞彙

韓文	中文
통로	靠通道
맨 끝	最後一排

4.물 한 잔 주세요. ◎ 請聽4-1-4
請給我一杯水。

● 表達需求的詞彙

韓文	中文
담요	毛毯
베개	枕頭
헤드폰	耳機
커피 한 잔	一杯咖啡
오렌지주스	柳橙汁
맥주 한 캔	一罐啤酒
사이다 한 잔	一杯汽水
콜라 한 잔	一杯可樂
와인 한 잔	一杯紅酒

❖ 預約機票　◎ 請聽4-1-5

일요일에 서울로 가는 항공편이 있습니까?
星期天有飛往首爾的航班嗎？

8월19일 서울로 가는 비행기표를 한 장 주세요.
給我一張八月十九日往首爾的機票。

※關於日期請參閱下方「日期相關詞彙」。

● 日期相關詞彙

韓文	中文
일요일	星期天
월요일	星期一
화요일	星期二
수요일	星期三
목요일	星期四
금요인	星期五
토요일	星期六

◎ 請聽4-1-6

1. 편도 (왕복) 로 주세요.
   我要單程 (往返) 的機票。

2. 이코노미 클래스 한 장을 주세요.
   給我一張經濟艙的機票。

3. 할인됩니까?
   有沒有折扣呢？

4. 실례합니다. 학생 할인이 되나요?

不好意思，請問一下學生有沒有優惠呢？

5. 어디서 탑승수속을 합니까?

在哪裡辦理登機手續？

6. 신용카드로 지불할 수 있나요?

我可以用信用卡結帳嗎？

7. 현금으로 지불할 수 있나요?

我可以用現金結帳嗎？

8. 예약좌석을 확인하고 싶습니다.

我想要再確定一下我的訂位。

9. 예매했던 서울행 표를 취소하려 합니다.

我想取消我去首爾的訂票。

10. 죄송합니다. 예약한 좌석을 변경하려 합니다.

不好意思，我要更改訂位。

● 機場內的相關詞彙 ⊘ 請聽4-1-7

韓文	中文
티켓	機票
티켓부스	登記櫃台
게이트	登機口
보딩타임	登機時間
수하물	行李
턴테이블	行李轉盤
카트	手推車
이코노미 클래스	經濟艙

韓文	中文
비즈니스 클래스	商務艙
퍼스트 클래스	頭等艙

❖ 在飛機內　◎ 請聽4-1-8

1. 실례합니다. 제 자리는 어디에 있습니까?
   不好意思，我的座位在哪裡呢？

2. 미안합니다. 지나가겠습니다.
   對不起，請讓一下。

3. 제 자리에 앉으신 것 같아요.
   我想您坐到我的位子了。

4. 가 : 자리를 좀 바꿔주시겠습니까?
   　　 我可以換一下我的位子嗎？

   나 : 좋습니다.
   　　 好，可以。

   　　 싫습니다.
   　　 不好，不行。

5. 가 : 생선으로 하시겠어요?닭고기로 하시겠어요?
   　　 您要魚肉還是雞肉呢？

   나 : 닭고기로 주세요.
   　　 請給我雞肉。

   　　 소고기로 주세요.
   　　 請給我牛肉。

돼지고기로 주세요.

請給我豬肉。

大家知道「飛機內提供的餐點」的韓國語是什麼嗎？
也就是對應漢字的「기내식」（機內食）。

請聽4-1-9

1. 가 : 음료는 뭘로 하시겠습니까?

您想要喝點什麼？

나 : 레드와인 주세요.

請給我紅酒。

맥주 주세요.

請給我啤酒。

얼음물 주세요.

請給我冰開水。

콜라 주세요.

請給我可樂。

커피 한 잔 주세요.

給我一杯咖啡。

2. 한 잔 더 주세요. 감사합니다.

再來一杯，謝謝。

◆ 住宿（加底線處可以替換以下的詞彙喔！）

1.1인실로 주세요.  請聽4-1-10

我要一間<u>單人房</u>。

● 房間數相關詞彙

韓文	中文
2 [일]인실	雙人房
일반실	標準房
특실	豪華間
도미토리 객실	多人房
스위트룸	豪華套房

2.식당 어디 있어요? 請聽4-1-11

請問一下<u>餐廳</u>在哪裡？

● 旅館設備相關詞彙

韓文	中文
프런트 데스크	櫃台
커피숍	咖啡廳
사우나	三溫暖
헬스클럽	健身房
수영장	游泳池
바	酒吧

韓文	中文
편의점	便利商店
기념품가게	紀念品商店
비즈니스센터	商務中心
공중전화	公共電話
피씨방	網咖
화장실	洗手間

3.비누 좀 가져다 주시겠어요? 請聽4-1-12

922[구이이]호입니다.

能送個肥皂過來嗎？

這裡是922號房。

● 客房服務相關詞彙

韓文	中文
아침식사	早餐
맥주	啤酒
헤어드라이기	吹風機
슬리퍼	拖鞋
담요	毛毯
수건	毛巾

4.변기에 문제가 좀 있어요.　　請聽4-1-13
（房間內）馬桶出問題了。

● **房間設施相關詞彙**

韓文	中文
에어컨	空調
냉장고	冰箱
텔레비전	電視
창문	窗戶
스탠드	檯燈

詢問他人附近有沒有旅館時：　請聽4-1-14

교통이 편리한 호텔이 있어요?

（可對著路人或者計程車司機詢問：）

這附近有沒有交通便利的飯店呢？

영업하는 민박집이 있어요?

有沒有營業的民宿呢？

不滿意介紹的住宿處時：　請聽4-1-15

다른 곳은 없나요?

沒有其他地方了嗎？

預定房間時： ◎ 請聽4-1-16

1. 방 하나 예약하고 싶어요.
   我想要預約一間房間。

2. 아직 빈 방이 있습니까?
   現在有空房間嗎？

3. 가 : 방을 예약하셨습니까?
   您訂房間了嗎？

   나 : 이미 방을 예약했습니다.
   我已經預約空房間了。

   여기 예약확인서가 있습니다.
   這是我的訂單。

4. 가 : 며칠 동안 묵을 예정이십니까?
   打算住幾天呢？

   나 : 3[삼]일 정도 묵을 겁니다.
   我會住三天左右。

   8[팔]월19[십구]일까지요.
   我會住到八月十九日喔。

　　我們在前面的單元已經學過數字的用法，所以這裡的
對話我想是難不倒大家的。現在就請大家對照著下面的月
份、日期表，來練習看看。

● 月份

 請聽4-1-17

韓文	中文
일월	一月
이월	二月
삼월	三月
사월	四月
오월	五月
유월	六月
칠월	七月
팔월	八月
구월	九月
시월	十月
십일월	十一月
십이월	十二月

● 日期

 請聽4-1-18

韓文	中文
일일	一號
이일	二號
삼일	三號
사일	四號
오일	五號
육일	六號
칠일	七號
팔일	八號
구일	九號

韓文	中文
십일	十號
십일일	十一號
십이일	十二號
십이삼일	十三號
⋮	⋮
이십일	二十號
이십이일	二十二號
이십삼일	二十三號
이십사일	二十四號
⋮	⋮
삼십일	三十號

再請大家對照著上面的月份、日期表，來練習看看底下的句子： 請聽4-1-19

_____ 월 _____ 일까지요.

我會住到＿＿月＿＿日喔。

1.我會住到九月二十二日。

2.我會住到十二月三日。

3.我會住到五月七日。

答案： 請聽4-1-19

1.구월 이십이일까지요.

2.십이월 삼일까지요.

3.오월 칠일까지요.

※補充句： 請聽4-1-20

호텔 주소가 있는 명함 한 장 주세요.
請給我一張有飯店地址的名片。

房間出現問題時： 請聽4-1-21

가 : 안녕하세요. 객실부입니다. 무엇을 도와 드릴까요?

您好，這是客服處，有什麼需要幫忙的嗎？

나 : ①수건이 좀 더 필요합니다.

我需要多一點的毛巾。

②휴지가 없어요.

沒衛生紙了！

③에어컨이 조정이 안 되는데요.

冷氣壞了。

④난방기가 조정이 안 되는데요.

暖氣打不開。

⑤불을 어디서 끄는지 잘 모르겠어요.

我不知道要在哪裡關燈。

⑥텔레비전을 켜지 못 하겠어요.

電視機打不開。

⑦방에 뜨거운 물이 안 나와어요.

房間沒熱水。

⑧수도꼭지가 고장이에요.

蓮蓬頭壞掉了。

⑨샤워기가 이상해요.

　熱水器怪怪的。

⑩헤어드라이기가 작동하지 않아요.

　吹風機不能使用了。

⑪비누 좀 가져다 주세요.

　請給我一塊肥皂吧。

⑫자물쇠가 고장났습니다.

　門鎖壞掉了！

⑬변기가 문제가 좀 있어요.

　馬桶有點問題。

⑭면대가 문제가 좀 있어요.

　洗手台有點問題。

가 : 무엇을 도와 드릴까요?

　有什麼需要幫忙的嗎？

나 : ①열쇠를 방 안에 남겨 놓았습니다.

　　我把鑰匙遺忘在我房間裡了。

②열쇠를 잃어버렸어요.

　　我把鑰匙搞丟了。

③방이 몇 호실인지 잊었어요.

　　我忘記房間號碼了。

退房時： 請聽4-1-22

1. 체크아웃하겠습니다.
   我要退房。

2. 모두 다 얼마예요?
   (拿著帳單詢問時)
   全部多少錢？

3. 여기 이 항목은 뭐예요?
   這項目是什麼費用？

4. 요금이 저의 생각보다 많아요.
   費用比我想的還多！

5. 여행자수표 받습니까?
   你們收旅行支票嗎？

6. 신용카드로 계산해도 되죠?
   我可以用信用卡結帳吧！

7. 택시를 불러주시겠어요?
   能幫我叫一輛計程車嗎？

8. 영수증 좀 주세요.
   請幫我開發票。

9. 방안의 짐 좀 옮겨주세요.
   請幫我搬一下房間的行李。

10. 방에 뭘 두고 왔이요.
    我把東西遺忘在房間裡面了。

4-2　買東西

◆ **購物相關對話**（加底線處可以替換以下的單詞喔！）

　　1.<u>시계</u> 어디서 살 수 있어요? ◎ 請聽4-2-1
　　請問哪裡可以買得到<u>手錶</u>？

● **物品相關詞彙**

韓文	中文
팔찌	手環
목걸이	項鍊
화장품	化妝品
향수	香水
차	茶
담배	香煙
거울	鏡子
전자제품	電子產品

2. 백화점 어디 있어요?  請聽4-2-2
百貨公司在哪裡呢？

● **購物點相關詞彙**

韓文	中文
면세점	免稅店
기념품가게	紀念品商店
선물가게	禮品店
화장품상점	化妝品店
쇼핑센트	購物中心
벼룩시장	跳蚤市場
보석상점	首飾店
서점	書店
편의점	便利商店

3.<u>목걸</u>이 있어요? 🎧 請聽4-2-3

有項鍊嗎？

이 <u>바지</u> 얼마예요?

這褲子多少錢？

<u>안경</u>을 어디에서 살 수 있어요?

請問哪裡可以買得到眼鏡呢？

● 消費品相關詞彙

韓文	中文
안경	眼鏡
재킷	夾克
치마	裙子
목도리	圍巾
가방	包包
립스틱	口紅
반지	戒指
귀걸이	耳環
한복	韓服
구두	皮鞋
양말	襪子
목걸이	項鍊
팔찌	手環
손수건	手帕

韓文	中文
선글라스	太陽眼鏡
벨트/허리띠	皮帶
스카프	圍巾
스타킹	絲襪
장갑	手套
넥타이	領帶
모자	帽子
빗	梳子
청바지	牛仔褲
양복바지	西裝褲
셔츠	襯衫
티셔츠	T恤
스웨트	毛衣
팬티	內褲
브래지어	胸罩

● 化妝品相關詞彙

 請聽4-2-4

韓文	中文
아이펜슬	眉筆
립스틱	口紅
엣센스	精華素
영양크림	營養面霜
아이샤도우	眼影
파운데이션	隔離霜
아이라이너	眼線膏
불터치	腮紅

韓文	中文
립글로스	唇彩
스킨	化妝水
로션	乳液
메니큐어	指甲油
팩	面膜

購物或買衣服時： 請聽4-2-5

추천 좀 해주세요.
（對著店員說）請推薦（商品名）給我。

뭐가 새로 나온 거죠?
有什麼是最新出來的（商品名）？

가 : 뭐 찾으시는 거 있으세요?
　　您在找什麼呢？

나 : 그냥 좀 보는 거예요.
　　我只是看看而已。
　　그냥 구경하는 거예요.
　　我只是看看而已。
　　이걸로 주세요.
　　請把那個給我。

1. 다른 것을 좀 보여 주세요.

   請給我看看別樣東西。

2. 저에게 맞는 사이즈가 있나요?

   有符合我的尺寸（的衣服）嗎？

3. 제 사이즈는 S (M/L/XL) 입니다.

   我的尺寸是S（M/L/XL）。

4. 제 사이즈를 모르겠어요.

   我不知道我的尺寸。

5. 입어봐도 됩니까?

   我能試穿看看嗎？

6. 다른 사이즈가 있나요?

   還有其他尺寸嗎？

7. 조금 작아요.

   有點小。

8. 조금 커요.

   有點大。

9. 조금 꽉 끼는데요.

   有點緊了。

10. 딱 맞아요.

    剛剛好。

11. 제게 꼭 맞아요.

    很合身呢！

12. 더 큰 사이즈가 있나요?

　　沒有更大一點的尺寸嗎？

13. 더 작은 사이즈가 있나요?

　　沒有更小一點的尺寸嗎？

14. 다른 디자인은 없나요?

　　沒有其他的設計、款式了嗎？

15. 한국제품입니까?

　　韓國製造的嗎？

挑選時：　◎ 請聽4-2-6

저는 이런 색은 별로예요.

我不太喜歡這個顏色。

빨간 색을 주세요.

請給我紅色的看看。

꽃무늬를 주세요.

請給我有花紋樣式的。

　　「紅色」的韓國語單詞原型乃是「빨갛다」，屬於「ㅎ」的不規則變化，但在這裡，筆者就不解說此不規則變化了。不過希望大家透過底下筆者整理出來的顏色以及花樣單詞，來替代上方句型中名詞之處，並加以練習。

● 顏色和花樣相關詞彙

韓文	中文
화이트, 흰색	白色
검은색	黑色
노란 색	黃色
녹 색	綠色
파란 색	藍色
회 색	灰色
보라색	紫色
초록색	綠色
금 색	金色
은 색	銀色
격자	方格紋樣
물방울무늬	水滴紋樣
줄무늬	條紋

※補充句：

색깔이 좀 연한(진한) 것을 원합니다.

我想要更淡一點（深一點）的顏色。

詢問免稅手續、結帳時： 請聽4-2-7

1. 면세가 되나요?

   免稅嗎？

2. 면세로 부탁해요.

   請幫我辦免稅手續。

3. 할인되는 제품인가요?

   這是優惠商品嗎？

4. 새 것으로 꺼내 주세요.

   請拿新的給我。

5. 많이 사면 할인 주어도 되나요?

   我買多一點的話，能給我折扣嗎？

6. 지금 세일 중인가요?

   現在在打折中嗎？

7. 모두 얼마예요?

   全部多少錢？

8. 너무 비싸요.

   太貴了！

9. 좀 깎아주세요.

   請算我便宜點。

10. 현금으로 드릴 테니까 깎아주세요.

    如果我付現金，能算我便宜點嗎？

11. 어디서 계산합니까?

　　在哪裡結帳呢？

12. 환전할 곳이 있습니까?

　　換錢的地方在哪裡呢？

13. 카드도 되나요?

　　我用信用卡付也可以嗎？

14. 달러도 되나요?

　　我付美金也可以嗎？

15. 예행자수표로 내도 돼요?

　　用旅行支票付也可以嗎？

16. 잘못 계산한것같습니다.

　　好像算錯錢了！

17. 영수증 부탁합니다.

　　請給我發票！

18. 선물용으로 포장해 주세요.

　　我要送禮用的，請幫我包裝一下。

19. 따로 따로 포장해 주세요.

　　請幫我分開包裝。

4-3 餐廳

表示飯菜味道時： 請聽4-3-1

맛있어요.

好吃。

此句為單獨子句，我想大家在前面的單元，都已經學
過形容詞的非正式型尊敬語的變化了。在這裡，筆者就不
再重複，直接以此語尾變化來開始。

● **味道相關詞彙**

韓文	中文
너무 맛있어요.	非常好吃
맛없어요.	不好吃
싱거워요.	淡
짜요.	鹹
달아요.	甜
매워요.	辣
써요.	苦
셔요.	酸
느끼해요.	很油
맛이 이상해요.	很奇怪

想喝飲料時： 請聽4-3-2

맥주 마시고 싶어요.

我想要喝啤酒。

● 飲料相關詞彙

韓文	中文
커피	咖啡
우유	牛奶
콜라	可樂
사이다	汽水
홍차	紅茶
녹차	綠茶
막걸리	小米酒

想吃東西時： 請聽4-3-3

부대찌개 먹고 싶어요.

我想要吃部隊火鍋。

● 韓國菜相關詞彙

韓文	中文
김치	泡菜
설렁탕	牛肉湯
삼계탕	蔘雞湯
불고기	烤肉
순대	韓式香腸
떡볶이	辣炒年糕
라면	拉麵
오뎅	黑輪
김밥	紫菜包飯

韓文	中文
제육덮밥	豬肉拌飯
치킨	炸雞
김치찌개	泡菜鍋
된장찌개	味噌鍋
돈까스	炸豬排
부대찌개	部隊火鍋

在上面我們看到的替換句型很多都是以「-고 싶어요.」爲終結語尾，這是用來表達、表示自己意願的語尾文法。前方是接韓國語動詞，搭配規則是，不分動詞有無收尾音，直接加上「고 싶어요.」也就是成爲表達自己的：「我想要…」的意思。

如同下面的例句： 請聽4-3-4

배우다 → 일본어를 배우고 싶어요.
學習　　我想學日文。
산책하다 → 산책하고 싶어요.
散步　　我想去散步。

在餐廳內點菜時： 請聽4-3-5

가 : 몇 분이십니까?
全部幾位呢？
나 : 모두 2[두]명입니다.
全部兩位。

1. 흡연석으로 해주세요.
   請給我吸煙區。

2. 금연석으로 해주세요.
   請給我禁煙區。

3. 메뉴판 좀 보여 주세요.
   請給我菜單。

4. 사진이 있는 메뉴판이 있나요?
   有沒有附料理照片的菜單？

5. 영문 메뉴판이 있나요?
   有沒有英文的菜單？

6. 중국어 메뉴판이 있나요?
   有沒有中文的菜單？

7. 이 요리는 매워요?
   這菜辣嗎？

8. 매운 걸 잘못 먹어요.
   我不太會吃辣。

9. 안 맵게 만들어 주세요.
   請不要做辣的口味給我。

10. 저는 해물고기 알레르기가 있어요.
    我對海鮮過敏。

11. 소고기 안 먹어요.
    我不吃牛肉。

12. 가 : 저기요, 주문하겠습니다.

　　服務生，我要點菜了！

　　1[일]번과 8[팔]번 세트를 좀 주세요.

　　（菜單上若有編號的話，請指著點菜）

　　我要一號餐跟八號餐。

● **餐具相關詞彙** 　請聽4-3-6

韓文	中文
젓가락	筷子
숟가락	湯匙
접시	盤子
잔	杯子
소금	鹽巴
간장	醬油
후추	胡椒
이쑤시개	牙籤

在速食餐店點餐時： 請聽4-3-7

가 : 무슨 요리를 주문하시겠습니까?

　　您要點些什麼呢？

나 : ①5번 세트메뉴를 주세요.

　　請給我五號餐。

②세트 말고 그냥 햄버거만 주세요.

　我不要套餐，只要漢堡就可以。

③감자튀김은 큰 걸로 주세요.

　薯條我要大份的。

④프라이드 치킨 두 조각만 주세요.

　我要兩塊炸雞。

⑤햄버거는 반으로 잘라주세요.

　幫我把漢堡切成一半。

⑥리필이 됩니까?

　我可以續杯嗎？

⑦다른 건 필요없습니다.

　這樣就夠囉，我不需要任何什麼東西了。

⑧티슈 좀 주세요.

　請給我一些面紙。

⑨케찹(설탕/프림)을 좀 주시겠습니까?

　能給我一些蕃茄醬（砂糖／奶精）嗎？

⑩가지고 갈 거예요.

　我要帶走、外帶。

⑪여기서 먹을 거예요.

　我在這裡吃、內用。

速食相關詞彙 請聽4-3-8

韓文	中文
햄버거	漢堡
감자튀김	薯條
사이다	沙士
콜라	可樂
핫도그	熱狗
피자	比薩
샐러드	沙拉
우유	牛奶
밀크쉐이크	奶昔
도너츠	甜甜圈

4-4 緊急情況

◆ **遭遇緊急情況**（加底線處可以替換以下的詞彙喔！）

1.배가 아파요. 請聽4-4-1
肚子痛。

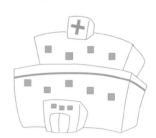

● **身體相關詞彙**

韓文	中文
허리	腰
이	牙
다리	腳
목	脖子
등	背

2.어제부터 아프기가 시작했습니다. 請聽4-4-2
昨天開始痛的。

● **時間點相關詞彙**

韓文	中文
아침	早上
점심	中午
저녁	晚上
어제 밤	昨天晚上

韓文	中文
아까	剛才
밥을 먹은 후에 아프기가 시작했습니다.	吃過飯之後（※整句取代）
음료수를 마신 후에 아프기가 시작했습니다.	喝過飲料之後（※整句取代）

3. 저의 여권을 잃어버렸어요. 　◎ 請聽4-4-3
我弄丟護照了。

● 物品相關詞彙

韓文	中文
가방	包包
국제운전면허증	國際駕照
지갑	錢包
핸드폰	手機
시계	手錶
신용카드	信用卡
카메라	相機
방 열쇠	房間鑰匙
항공표	機票
여행자수표	旅行支票

緊急時用的短句 請聽4-4-4

韓文	中文
도둑이야! 저놈 잡아라!	有強盜！幫我抓住他。
소매치기 잡아라!	幫我抓住那小偷！
경찰을 불러주세요.	請幫我叫警察！
살려주세요.	救命啊！
도와주세요.	請幫幫我！
만지지 말아요.	不要碰我！
가까이 오지 말아요!	不要靠近我！

就醫時： 請聽4-4-5

근처에 병원이 있습니까?

這附近有醫院嗎？

가 : 어디 아픕니까?

　　哪裡不舒服呢？

　　증상이 어떻습니까?

　　症狀是什麼呢？

나 : ①현기증이 조금 납니다.

　　我的頭有點暈。

　　②감기인가 봐요.

　　好像感冒了！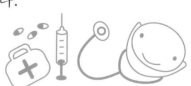

　　③기침이 멈추지 않아요.

　　我一直咳嗽。

　　④열이 멈추지 않아요.

　　我一直發燒。

⑤배가 아파요.

肚子痛。

⑥체한 것 같아요.

我好像消化不良。

⑦다리가 부러진 것 같아요.

我的腳好像骨折了。

⑧식중독인가 봐요.

好像食物中毒。

自行購藥時： 請聽4-4-6

1. 근처에 약국이 있나요?

這附近有藥局嗎？

2. 안약 좀 주세요.

請給我眼藥水。

3. 생리대 주세요.

請給我衛生棉。

4. 아스피린 있나요?

有阿司匹林嗎？

5. 콘돔이 있어요?

有保險套嗎？

6. 설사약이 있어요?

有止瀉藥嗎？

7. 피임약이 있어요?

有避孕藥嗎？

8. 혈압약이 있어요?

有降血壓藥嗎？

9. 소화제가 필요합니다.

我需要消化劑。

10. 진통제가 필요합니다.

我需要止痛藥。

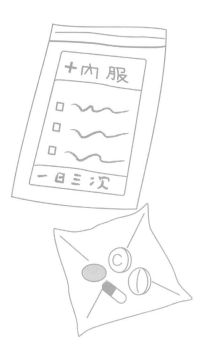

11. 처방전을 주세요.

請給我處方籤。

12. 진단서를 부탁합니다.

請開診斷書給我。

遺失東西時： 請聽4-4-7

가 : 뭘 잃어버렸습니까?

您丟了什麼東西呢？

나 : ①저의 여권을 잃어버렸어요.

我的護照遺失了！

②대만 대표부에 연락 좀 해주세요.

請幫我聯絡台灣代表處。

③경찰을 불러주세요.

請幫我叫警察。

④경찰서가 어디 있어요?

　　警察局在哪裡呢？

가 : 저의 가방을 잃어 버렸어요.

　　我的包包遺失了。

나 : 가방 안에 뭐가 있어요?

　　包包裡面有什麼？

가 : 안에는 지갑과 여권하고 카메라가 있어요.

　　裡面有錢包、護照以及照相機。

1. 어디서 잃어버렸는지 모르겠어요.

　　我不知道在哪邊弄丟的。

2. 아마도 택시에서 잃어버린 것 같습니다.

　　可能在計程車上弄丟的。

3. 아마도 커피숍에서 잃어버린 것 같습니다.

　　可能在咖啡廳中弄丟的。

4. 아마도 길에서 잃어버린 것 같습니다.

　　可能在路上弄丟的。

5. 일단 찾으면 이 곳으로 연락해 주세요.

　　（把自己的聯絡地址給對方）

　　如果找到的話，請聯絡這地址。

6. 일단 찾으면 이 번호로 전화해 주세요.

（把自己的聯絡電話給對方）

如果找到的話，請打這電話給我。

7. 제 가방이 도난 당했어요.

我的包包被偷了。

8. 제 지갑이 도난 당했어요.

我的錢包被偷了。

9. 제 잘못이 아니예요.

不是我的錯。

在實用會話當中，我們列出了「在機場以及旅館」、「買東西」、「餐廳」以及「緊急情況」四大場景，而大家透過這裡的句型練習，到韓國自助旅行時就可以應付自如了。

第五單元

第五單元

附　錄

日常生活（補充3-1場景單字）

◆ 日常生活動作

 請聽5-1

韓文	中文
잠을 깨다	醒
일어나다	起床
얼굴을 씻다	洗臉
식사를 만들다	做飯
식사를 하다	用餐
신문을 읽다	讀報紙
일을 하다	工作
(집안일를) 정리하다	整理（家務）
활동하다	活動
거리로 나가다	上街
산책하다	散步
쇼핑하다（shopping）	購物
집에 돌아오다	回家
쉬다	休息

韓文	中文
목욕하다	泡澡
술을 마시다	喝酒
자다	睡覺
꿈을 꾸다	作夢
운동하다	運動
노래하다	唱歌
요리하다	做菜

5-2　日期以及時刻（補充3-2場景單字）

除了數字之外，在日常生活中，我們常常使用到的日期以及時刻也是很重要的，那麼大家知道要如何來表達嗎？底下我們就趕緊來學習吧！

◆ 星期、日期

 請聽5-2-1

韓文	월요일	화요일	수요일	목요일	금요일	토요일	일요일
中文	星期一	星期二	星期三	星期四	星期五	星期六	星期日

◆ 時刻1

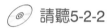 請聽5-2-2

韓文	그저께/그제	어저께/어제	오늘	내일	모레
中文	前天	昨天	今天	明天	後天

◆ 時刻2

 請聽5-2-3

韓文	아침	점심	저녁	새벽
中文	早上	中午	晚上	清晨

請聽5-2-4

가：오늘 무슨 요일이에요?

今天星期幾？

나：오늘 수요일이에요.

今天是星期四。

가 : 오늘은 이천십이년 십일월 팔일 목요일입니다.

今天是2012年十一月八日星期四。

가 : 오늘 몇 월 며칠이에요?

今天是幾月幾號？

나 : 구월 이십이일이에요.

九月二十二日。

5-3 家族稱謂（補充3-2場景單字）

◆ 家族相關詞彙

 請聽5-3

韓文	中文
할아버지	爺爺
할머니	奶奶
외할아버지	外公
외할머니	外婆
아버지=아빠	爸爸（아빠是親暱叫法）
어머니=엄마	媽媽（엄마是親暱叫法）
형	哥哥（男用）
누나	姊姊（男用）
오빠	哥哥（女用）
언니	姊姊（女用）
남동생	弟弟
여동생	妹妹
큰 아버지	伯父
큰 어머니	伯母
삼촌	叔父
친조카	姪子
외조카	外甥
외조카딸	外甥女
사촌	堂兄弟
외사촌	表兄弟
사촌 형	堂哥（男用）
사촌 오빠	堂哥（女用）
사촌 누나	堂姊（男用）

韓文	中文
사촌 언니	堂姊（女用）
사촌 남동생	堂弟
사촌 여동생	堂妹
이모	阿姨
이모부	姨父
외삼촌	舅舅
외숙모	舅媽
남편	丈夫
아내	妻子
손자	孫子
딸	女兒
아들	兒子
삼촌	叔叔
고모	姑姑
사위	女婿
며느리	媳婦
외손자	外孫女
외손녀	外孫女
손녀	孫女

5-4 飲料、酒類以及茶點（補充3-4場景單字）

◆ 飲料、酒類和茶點相關詞彙　　　 請聽5-4

韓文	中文
물	水
차가운 물	冰水
차	茶
차 잎	茶葉
홍차	紅茶
자스민차（jasmine）	花茶
커피（coffee）	咖啡
술	酒
맥주	啤酒
포도주	葡萄酒
위스키（whisky）	威士忌
브랜디（brandy）	白蘭地
우유	牛奶
주스（juice）	果汁
사이다（soda）	汽水
아이스크림（ice cream）	冰淇淋
케이크（cake）	蛋糕
비스켓（piece cake）	餅乾
사탕	糖果
초콜릿（chocolate）	巧克力
콜라（cola）	可樂
마시다	喝
먹다	吃

5-5 韓國著名觀光景點（補充3-6場景單字）

請聽5-5

韓文	中文
동대문	東大門
남대문	南大門
한강	漢江
인사동	仁寺洞
명동	明洞
명동성당	明洞教堂
청계천	清溪川
신촌	新村
여의도	汝矣島
창덕궁	昌德宮
대학로	大學路
종묘	宗廟
창경궁	昌慶宮
경복궁	景福宮
잠실종합운동장	蠶室綜合運動場
삼청동	三清洞
강남	江南
압구정	狎鷗亭
남이섬	南怡島
설악산	雪嶽山
수원	水源
종로	鐘路
시청	市廳

韓文	中文
인천	仁川
덕수궁	德壽宮
남산골한옥마을	南山谷韓屋村
올림픽공원	奧林匹克公園
KBS방송국	KBS電視台
롯데월드	樂天世界
롯데마트	樂天超市
남산공원	南山公園
N서울타워	N首爾塔
에버랜드	愛寶樂園
북촌	北村
정동극장	貞洞劇場
이태원	梨泰院
서울역	首爾火車站
희망시장	希望市場
63빌딩	63大樓
코엑스	COEX商場

N首爾塔

特別收錄

特別收錄

基礎韓國語
發音規則

◆ 總論

　　下面筆者根據韓國當地文教部告示第88-1號以及88-2號（1988.1.19號公布，分別以韓國語的正字法「한글 맞춤법」，以及標準發音法「표준 발음법」）的資料，來介紹韓國語的發音規則。當然，這些規則從某個角度而言，顯得有點繁瑣，而筆者在閱讀完上述兩資料後，從其中挑選出幾個在初學韓國語時，必須掌握的規則來跟大家分享。再者，初學韓國語的人也可以把這裡的資料當作參考用，等往後韓文功力更上層樓時，再回過頭來看看這裡的基本發音規則。

　　首先，筆者要依序介紹初級韓國語階段，初學者必須掌握的基本韓國語語音變化，共有連音化（연음화）、破音化（격음화）、硬音化（경음화）、顎音化（구개음화）以及子音同化（자음동화）五大種，舉例分述如下[1]：

一、連音化（연음화, linking）

此現象是因爲人體發音器官受到發音急速的影響，而導致兩個字連讀的連音現象產生，而在語言學上，我們稱作此現象爲：「連音化」。

一般而言，基本常見的韓國語連音化現象有兩種狀況。

1.單個收尾音的連音現象：當前字具有單個收尾音字型（終聲）時，後方連接的字以「ㅇ、ㅎ」當作初聲時，此收尾音會轉變成後字的初聲來發音。

如下面的例子：

외국인（外國人）→[외구긴]
한국어（韓國語）→[한구거]
낮에（白天時）→[나제]
단어（單字）→[다너]

1　在台灣關於發音規則的書，比較詳細的是：李昌圭著，黃種德譯，《史上最強韓語文法》國際學村出版。只可惜譯者似乎不懂韓國語，直接從日文翻譯時，有些文字顯得比較生硬、難懂。是故筆者參考了日文版本：李昌圭，仕組みがわかる韓國語文法レッスン, 白帝社出版。
相較於筆者在此參考的韓國當地文教部頒佈告示第88-1號以及88-2號兩文，此書的講解顯得比較複雜。但是，可以肯定此書的作者所舉出來的例句、單字具有實用性，故在本單元筆者也會參考、引用相關內容。
在這單元中，筆者將盡可能地省略複雜的專有名詞，而採取我們在本書所學到的概念來進行講解，方便讀者理解、閱讀。

※不發生連音的收尾音的狀態有二：

①前字收尾音雖爲「ㅇ」，但不適用連音法則。

如下面的例子：

영어（英文）→[영어]

강아지（小狗）→[강아지]

②前字收尾音爲「ㅎ」在連接後方以「ㅇ」爲初聲的音節字時，「ㅎ」會脫落，而不發生連音現象。

如下面的例子：

좋아요.（好）→[조아요]

넣어요.（放入）→[너어요]

其次，若「ㅎ」出現在詞語初聲首位，要照原本的音價發音，如：하마（河馬）→[하마]；但是若出現在母音與母音之間，或是在收尾音（終聲）「ㄴ、ㄹ、ㅁ、ㅇ」之後，因音的強度會減弱，「ㅎ」大多呈現脫落不發音的現象出現（又稱「ㅎ」的弱音化現象），而韓國人本身也有很多不發「ㅎ」的音。

但就資料中所言，標準發音法並不承認此弱音化現象所造成的連音以及脫落現象。

如下面的例子：

은행（銀行）→[으냉]

전화（電話）→[저놔]

영화（電影）→[영와]

철학（哲學）→[처락]

2.兩個收尾音的連音現象：當前字具有兩個收尾音（終聲）字型時，後方連接的字以「ㅇ」當作初聲時，會連接前字收尾音來發音。

如下面的例子：

읽어요.（念、閱讀）→[일거요]

짧아요.（短的）→[짤바요]

없어요.（沒有）→[업서요]

앉아요.（坐）→[안자요]

①若是前字收尾音是「ㄶ、ㅀ」時，連接後方以「ㅇ」當作初聲之字時，前方收尾音右側的「ㅎ」會脫落，以左側的「ㄴ」以及「ㄹ」來進行連音現象。

如下面的例子：

많아요.（多）→[마나요]

끓어요.（水滾、沸騰）→[끄러요]

②若是以「硬音」（ㄲ、ㄸ、ㅃ、ㅆ、ㅉ）當作收

尾音時，大家別忘記它們是屬於子音體系，勿視爲兩個字母，因而此時只要直接進行連音即可。

如下面的例子：

밖에（外面的）→[바께]
있어요.（有）→[이써요]

二、破音化（격음화，或「激音化」譯名）

此是人體發音器官爲了方便發音，而在人體器官產生的自然破音現象。變化規則乃是，當「ㅎ」前方或者是後方出現平音的「ㄱ、ㄷ、ㅂ、ㅈ」時，兩者會重合，變成以「ㅋ、ㅌ、ㅍ、ㅊ」發音。值得注意的是，若「ㅎ」搭配前方的「ㅅ、ㅈ、ㅊ、ㅌ」等終聲時，雖然發成「ㄷ」的代表音，但是因爲破音化關係，而會再轉發成「ㅌ」之音。

如下面的例子：

1. ㄱ+ㅎ→ㅋ：　　　　착하다（乖巧）→[차카다]

2. ㅎ+ㄱ→ㅋ：　　　　낳고（生育）→[나코]

3. ㄷ(ㅅ、ㅊ)+ㅎ→ㅌ：몇호（幾號）→[며초]

4. ㅎ+ㄷ→ㅌ：　　　　좋다（好）→[조타]

5. ㅂ+ㅎ→ㅍ：　　　　법학（法學）→[버팍]

6. ㅈ+ㅎ→ㅊ：　　　　맞히다（命中）→[마치다]

7. ㅎ+ㅈ→ㅊ：　　　　그렇지（對吧）→[그러치]

在上面我們看到的是（子音）激音化現象。而坊間有些文法書把（子音）激音化列入爲「省略以及脫落」（축약과 탈락）一大範疇之中，之後才介紹「母音的省略」（모음축약）。

但是依筆者看來，「母音的省略」已經牽涉到韓文的文法變化，即韓國語單詞變化成「아/어(여)요」型之後進行的省略或脫落。

如下面的例子：

오다.（來）→（變化成아/어(여)요）오아요→[와요]

주다.（給）→주어요→[줘요]

마시다.（喝）→마시어요→[마셔요]

공부하다.（學習）→공부하여요→[공부해요]

在這裡筆者因爲著重「發音規則」的介紹，故省略因爲文法變化而產生的母音省略的發音現象說明。有興趣的讀者，可參閱筆者其他的韓國語文法書。

三、硬音化（경음화）

「硬音化」發音轉變規則有四種情況，我們先來看前面兩種情況。發生在收尾音爲「ㄱ、ㄷ、ㅂ」以及「ㄴ、ㄹ、ㅁ、ㅇ」的韓文字時，遇到後方韓文文字初聲爲

「ㄱ、ㄷ、ㅂ、ㅅ、ㅈ」時，會轉變成爲硬音「ㄲ、ㄸ、ㅃ、ㅆ、ㅉ」來發音。

①前方收尾音爲「ㄱ、ㄷ、ㅂ」時，遇到後方韓文文字初聲「ㄱ、ㄷ、ㅂ、ㅅ、ㅈ」時，會形成「硬音化」現象，發成「ㄲ、ㄸ、ㅃ、ㅆ、ㅉ」的音。

如下面的例子：

ㄱ+ㄱ→ㄱ+ㄲ：　　학교（學校）→[학꾜]

ㄱ+ㄷ→ㄱ+ㄸ：　　식당（餐廳）→[식땅]

ㄱ+ㅂ→ㄱ+ㅃ：　　학비（學費）→[학삐]

ㄱ+ㅅ→ㄱ+ㅆ：　　학생（學生）→[학쌩]

ㄱ+ㅈ→ㄱ+ㅉ：　　맥주（啤酒）→[맥쭈]

ㄷ+ㄱ→ㄷ+ㄲ：　　듣기（聽力）→[듣끼]

ㄷ+ㄷ→ㄷ+ㄸ：　　듣다（聽）→[듣따]

ㅂ、ㅂ+ㄱ→ㅂ+ㄲ：입국（入境）→[입꾹]

ㅂ、ㅍ+ㄷ→ㅂ+ㄸ：잡담（閒聊）→[잡땀]

ㅂ、ㅍ+ㅂ→ㅂ+ㅃ：잡비（雜費）→[잡삐]

ㅂ、ㅍ+ㅅ→ㅂ+ㅆ：접시（盤子）→[접씨]

ㅂ+ㅈ→ㅂ+ㅉ：　　잡지（雜誌）→[잡찌]

②前方收尾音爲「ㄴ、ㄹ、ㅁ、ㅇ」時，遇到後方韓文文字初聲「ㄱ、ㄷ、ㅂ、ㅅ、ㅈ」時，會形成「硬音化」現象，而發成「ㄲ、ㄸ、ㅃ、ㅆ、ㅉ」的音。

如下面的例子：

ㄴ+ㄱ→ㄴ+ㄲ： 안과（眼科）→[안꽈]

ㄴ+ㄷ→ㄴ+ㄸ： 신다（穿）→[신따]

ㄴ+ㅂ→ㄴ+ㅃ： 문법（文法）→[문뻡]

ㄴ+ㅅ→ㄴ+ㅆ： 손수건（手帕）→[손쑤건]

ㄴ+ㅈ→ㄴ+ㅉ： 한자（漢字）→[한짜]

ㄹ+ㄱ→ㄹ+ㄲ： 발가락（腳趾頭）→[발까락]

ㄹ+ㄷ→ㄹ+ㄸ： 발달（發達）→[발딸]

ㄹ+ㅂ→ㄹ+ㅃ： 달밤（月夜）→[달빰]

ㄹ+ㅅ→ㄹ+ㅆ： 실수（失誤）→[실쑤]

ㄹ+ㅈ→ㄹ+ㅉ： 글자（文字）→[글짜]

ㅁ+ㄱ→ㅁ+ㄲ： 엄격（嚴格）→[엄껵]

ㅁ+ㄷ→ㅁ+ㄸ： 젊다（年輕）→[점따]

ㅁ+ㅂ→ㅁ+ㅃ： 밤비（夜雨）→[밤삐]

ㅁ+ㅅ→ㅁ+ㅆ： 점수（分數）→[점쑤]

ㅁ+ㅈ→ㅁ+ㅉ： 밤중（夜裡）→[밤쭝]

ㅇ+ㄱ→ㅇ+ㄲ： 평가（評價）→[평까]

ㅇ+ㄷ→ㅇ+ㄸ： 용돈（零用錢）→[용똔]

ㅇ+ㅂ→ㅇ+ㅃ： 등불（燈火）→[등뿔]

ㅇ+ㅅ→ㅇ+ㅆ： 가능성（可能性）→[가능썽]

ㅇ+ㅈ→ㅇ+ㅉ： 장점（優點）→[장쩜]

但是在這邊要特別提醒大家的是，在上面第二項的連音規則，即：前方收尾音爲「ㄴ、ㄹ、ㅁ、ㅇ」時，遇到後方韓文文字初聲爲「ㄱ、ㄷ、ㅂ、ㅅ、ㅈ」時，也有不形成「硬音化」現象的狀況，例如下面的單詞，就屬於特殊狀況，請大家特別注意。

如下面的例子：

친구（朋友）→[친구]
준비（準備）→[준비]
간장（醬油）→[간장]
침대（床鋪）→[침대]
공기（空氣）→[공기]
공부（學習）→[공부]
경제（經濟）→[경제]

③除此之外，第三種「硬音化」現象是出現在，以兩個名詞組成複合名詞狀況時，後方名詞的初聲若是「ㄱ、ㄷ、ㅂ、ㅅ、ㅈ」時，因硬音化現象發生，會發成硬音的「ㄲ、ㄸ、ㅃ、ㅆ、ㅉ」等音。

如下面的例子：

아랫사람（아래+사람，屬下、後輩）→[아랟싸람]
햇살（해+살，陽光）→[핻쌀]
숫자（수+자，數字）→[숟짜]

오랫동안（오래+동안，好長一段時間）→[오랟똥안]

후춧가루（후추+가루，胡椒粉）→[후춘까루]

④最後一種硬音現象是發生在冠形詞——（으）ㄹ文法中，即韓文單詞後方遇上初聲「ㄱ、ㄷ、ㅂ、ㅅ、ㅈ」時，就會發生硬音化現象，音就會發成「ㄲ、ㄸ、ㅃ、ㅆ、ㅉ」等音。

如下面的例子：

-(으)ㄹ+ㄱ、ㄷ、ㅂ、ㅅ、ㅈ→-(으)ㄹ+[ㄲ、ㄸ、ㅃ、ㅆ、ㅉ]

쓸 거예요.（寫給你）→[쓸꺼예요]

갈 데가.（要去的地方）→[갈떼가]

먹을 빵（要吃的麵包）→[먹을빵]

할 수 있어요.（能做到）→[할 쑤 이써요]

할 적에（要做的時候）→[할쩌게]

四、顎音化（구개음화, palatalization，又稱「顎（音）化用」）

指子音爲「ㄷ、ㅌ」時，因爲受到後方以「ㅣ」或者以「ㅣ」爲首的複合母音時，這時候受到後面高元音 i 或 y 的影響，使發音部位自然地頂到硬顎部分，而使得發音變得和 i 或 y 接近，發成「ㄷ、ㅌ」的音，這就是「顎化作用」。

1.當前字收尾音是「ㄷ」或「ㅌ」，遇到後字為「이」的時候，發音會變成「지」或「치」。

如下面的例子：

ㄷ+이 → [지]：굳이（必須要）→[구지]
　　　　　　곧이（照單全收）→[고지]

ㅌ+이 → [치]：같이（一起）→[가치]
　　　　　　붙이다（貼上）→[부치다]

2.當前字收尾音是「ㄷ」或「ㅈ」時，遇到後字為「히」，音會變成「치」。

如下面的例子：

ㄷ+히→[치]：닫히다（被關上）→[다치다]
ㅈ+히→[치]：맞히다（射中、説中）→[마치다]

五、子音同化（자음동화，或簡稱「鼻音化」）

鼻音化的原理乃是因為相鄰的兩個子音互相影響，發音變化成相似的子音的現象。而子音同化在韓國語中發生的頻率很高，共有兩種狀況，分別有「鼻音化」（비음화）以及「柔音化」（유음화）二種。

首先，我們來看看「鼻音化」狀況。

①非鼻音的「ㄱ、ㅋ、ㄲ；ㄷ、ㅌ；ㄹ；ㅂ、ㅍ；ㅅ、ㅈ、ㅊ」遇到鼻音的「ㄴ、ㅁ」，前者會在後方的影響下，變成以「ㄴ、ㅁ、ㅇ」等鼻音來發音。

如下面的例子：

ㄱ(ㅋ、ㄲ)+ㅁ→ㅇ+ㅁ：한국말（韓國話）→[한궁말]

ㄱ(ㅋ、ㄲ)+ㄴ→ㅇ+ㄴ：작년（去年）→[장년]

ㄷ(ㅌ、ㅅ、ㅈ、ㅊ)+ㅁ→ㄴ+ㅁ：꽃무늬（花紋）
→[꼰무늬]

ㅂ(ㅍ)+ㅁ→ㅁ+ㄴ：십년（十年）→[심년]

ㅂ(ㅍ)+ㄴ→ㅁ+ㅁ：합니다（做）→[함미다]

②鼻音的「ㅁ、ㅇ」出現在「ㄹ」前方時，「ㄹ」便變成鼻音「ㄴ」來發音。

如下面的例子：

ㅁ+ㄹ→ㅁ+ㄴ：심리（心理）→[심니]

ㅇ+ㄹ→ㅇ+ㄴ：종류（種類）→[종뉴]

③「ㄹ」出現在帶有收尾音「ㄱ、ㅂ」的後方時，發音變成「ㄴ」之後，連帶也影響到前方「ㄱ、ㅂ」收尾音，發成鼻音的「ㅇ、ㅁ」。

如下面的例子：

ㄱ+ㄹ→ㅇ+ㄴ：독립（獨立）→[동닙]

국력（國力）→[궁녁]

ㅂ+ㄹ→ㅁ+ㄴ：법률（法律）→[범뉼]

협력（協力）→[혐녁]

④柔音化：指鼻音「ㄴ」出現在「ㄹ」前方或後方時，受到影響也發爲「ㄹ」音。

如下面例子：

ㄴ+ㄹ→ㄹ+ㄹ：진리（眞理）→[질리]

연락（聯絡）→[열락]

인류（人類）→[일류]

관련（關連）→[괄련]

⑤其他情形還有下方的例子：

ㄹ+ㄴ→ㄹ+ㄹ：설날（新年元旦）→[설랄]

팔년（八年）→[팔련]

오늘날（今天）→[오늘랄]

십칠년（十七年）→[십칠련]

國家圖書館出版品預行編目資料

一看就會的韓語會話、文法／陳慶德編著.
-- 初版. -- 臺北市：書泉, 2013.11
　面；　公分
ISBN 978-986-121-862-5（平裝）
1. 韓語　2. 讀本
803.28　　　　　　　　　102018527

3AH4

一看就會的韓語會話、文法

作　　者 ― 陳慶德

發 行 人 ― 楊榮川

總 編 輯 ― 王翠華

主　　編 ― 朱曉蘋

封面設計 ― 吳佳臻

插　　圖 ― 凌雨君

出 版 者 ― 書泉出版社

地　　址：106台北市大安區和平東路二段339號4樓

電　　話：(02)2705-5066　　傳　真：(02)2706-610(

網　　址：http://www.wunan.com.tw

電子郵件：shuchuan@shuchuan.com.tw

劃撥帳號：01303853

戶　　名：書泉出版社

總 經 銷：朝日文化

進退貨地址：新北市中和區橋安街15巷1號7樓

TEL：(02)2249-7714　　FAX：(02)2249-8715

法律顧問　林勝安律師事務所　林勝安律師

出版日期　2013年11月初版一刷

定　　價　新臺幣350元